청춘에게 보내는 편지

인생 교과서

청춘에게 보내는 편지

책만드는집

차례

4장 책이 스승이다

5장 뚜렷한 주관을 가져라

8장 사람의 마음을 움직여라

9장 행복은 노력으로 얻는 것이다

가장 중요한 시기에 좋은 습관을 들여라 1장

1 알면서 못 하는 것처럼 억울한 일은 없다

　네가 무엇보다 먼저 알아두어야 할 것이 있는데, 그건 시간의 소중함과 그것을 잘 쓰는 법이다. 그러나 이걸 제대로 알고 있는 사람은 드물다. 누구나 말로는 "시간은 소중하다"라고들 한다. 하지만 정말로 시간을 소중히 쓰는 사람을 찾기란 쉬운 일이 아니다.

　시간을 아무렇게나 낭비하는 사람들조차도, 넋을 놓고 있으면 눈 깜짝할 사이에 시간이 흘러가 버린다고 입으로는 시간의 소중함에 대해 잘도 떠들어댄다. 시간에 관한 격언들은 어디에나 굴러다니고 있고, 그것을 적당히 주워서 입에 올리는 것은 아주 쉬운 일이니까.

　사람들이 이렇게까지 시간에 관심을 두게 된 것은 유럽 곳곳에 설치된 잘 만들어진 해시계 때문이 아닐까? 사람들은 매일 그것을 보고 시간을 잘 사용하는 것이 얼마나 중요한지, 그리고 한번 잃어버린 시간을 되찾는 것이 얼마나 어려운지를 실감하고 있다. 그러나 이러한 훈계도 단순히 이해하는 것만으로는 충분하지 않다. 남에게 직접 가르칠 수 있는 무언가를 지니고 있지 않다면, 진정한 시간의 가치와 사용법을 안다고 할 수 없다.

그런 점에서 너의 시간 사용법을 보면, 너는 시간의 소중함을 잘 알고 있는 것 같다. 그래, 그건 매우 중요한 일이다. 알고 있는 것과 모르고 있는 것은 장차 인생을 살아가는 데 있어 하늘과 땅만큼의 차이가 있다. 따라서 너에게 시간이 이러니저러니 하는 얘기는 하지 않을 생각이다. 하지만 딱 하나 장차 기나긴 인생의 한때—앞으로 이 년간 말이다—에 대해 조금만 얘기하고 싶구나.

우선 젊었을 때 지식의 기반을 쌓아야 한다. 그러지 않으면 그 이후의 인생을 네가 의도하는 대로 살아가기가 힘들다. 지식이라는 것은 나이를 먹었을 때 휴식의 장이 되고, 도피처도 될 수 있기 때문이다.

후회하는 인생을 살 것인가, 행복한 인생을 살 것인가

나는 퇴직 후에도 책에 둘러싸여 살고 싶다는 생각을 늘 했다. 지금 이렇게 누구에게도 방해받지 않고 독서의 즐거움에 푹 빠져 지낼 수 있는 것도 사실 네 나이 때에 마음을 다잡고 공부했기 때문이라고 생각한다. 물론 그때 좀 더 열심히 공부했더라면 지금 이 만족감은 더 큰 것이 되어 있었을지도 모른다. 하지만 어쨌든 지금은 이렇게 속세에서 벗어나 독서에서 안식을 찾고 있다.

'젊었을 때 좀 더 많은 지식을 쌓아두었으면 좋았을걸' 하고 나는 늘 생각한다. 그렇다고 해서 놀았던 시간이 무의미했다는 것은 절대 아니다. 노는 것은 인생에 흥미를 더해주고, 특히나 젊은이에게는 커다란 기쁨이기도 하다. 나 역시도 젊었을 때 열심히 놀았고, 만약 그러지 않았더라면 지금쯤 놀이란 것을 과대평가하고 있을지도 모르겠다. 인간은 일단 자기가 모르는 것에 대해서는 흥미를 갖는 법이니까.

하지만 다행히도 나는 충분히 놀아봤기 때문에 노는 게 어떤 것인지 잘 알고 있고, 후회하는 일도 없다. 마찬가지로 일을 하느라 쏟아부은 시간을 낭비라고 생각한 적도 없다. 실제로 일을 해보지 않고 겉으로만 본 사람은 그것이 좋아 보이고, 자기도 해보고 싶다고 생각하기 마련이다. 그러나 실제는 그렇지 않다. 그건 해본 사람이 아니면 모르는 일이다.

다행히 나는 일을 하는 것도, 노는 것도 잘 알고 있다. 옆에서 보는 사람들이 경탄해 마지않는 그런 놀이와 일의 뒷면에 대해서도 잘 알고 있다. 그렇기 때문에 후회하기는커녕 잘했다고 생각한다. 그러나 그런 내가 유일하게 후회하고 있고 앞으로도 후회할 일이 있는데, 그건 바로 젊었을 때 아무것도 하지 않고 무의미하게 시간을 흘려 보낸 것이다.

앞으로 이 년 동안은 네 인생에 있어 아주 중요한 시기다. 그렇기 때문에 목이 터져라 외치고 싶은 것은, 지금 이 시간을 유익하게 사용하라는 것이다. 지금 네가 아무것도 하지 않는다면 그만큼 지식의 양이 줄어들게 되고, 인격 형성 면에서도 손실이 크다. 반대로 뜻있고 유익한 시간을 보낸다면, 그 시간이 쌓이고 쌓여서 너에게 큰 몫이 되어 돌아올 것이다.

이 년 동안 여러 학문의 기반을 다지도록 해라. 일단 기반이 갖춰지면 나머지는 언제라도 원하는 때에 원하는 만큼 지식을 쌓아가면 된다. 나중에 정말 필요한 순간이 와서 기초를 다지려고 해봐야 그땐 이미 늦어버린다. 게다가 젊었을 때 기반을 닦아놓지 않으면, 나이를 먹었을 때 매력 없는 사람이 되고 만다. 난 네가 일단 사회에 나가면 책을 많이 읽으라고는 하지 않을 작정이다. 무엇보다 그럴 시간이 없을 테니까. 다행히 시간이 있다 하더라도 그땐 책만 읽고 있을 수는 없는 입장일 것이다.

따라서 지금이 유일하게 공부할 때고, 누구에게도 방해받지 않고 마음껏 지식을 쌓을 수 있는 때다. 그렇다고 해도 너 역시 가끔은 책을 앞에 놓고 지겨움을 느끼기도 하겠지. 그럴 때는 이렇게 생각해라. 이것은 통과해야만 하는 길이고, 한 시간이라도 더 노력한다면 그만큼 빨리 목적지에 도달할 수 있다고, 그러면 빨리 자유로워질 수 있다고 말이다. 빨리 자유로워질 수 있을지 어떨지는 오직 시간을 어떻게 사용하는가에 달려 있다.

2 노력을 너무 많이 해서
후회하는 사람은 없다

     네 나이에 있어서 건강은 절제만 해도 충분히 유지할 수 있다. 그러나 머리는 그렇지 않다. 네 나이에는 특히 평소에 절제하는 마음가짐―때로는 머리를 잠깐 쉬게 하는 등 물리적인 것도 포함해서―이 필요하다. 지금 이 몇 분을 얼마나 효과적으로 사용하는지가 포인트가 되고, 그것이 나중에까지 두뇌 움직임에 영향을 미친다.

    그뿐만이 아니다. 건강한 두뇌를 유지하기 위해서는 상당한 훈련이 필요하다. 훈련된 두뇌와 그렇지 않은 두뇌를 비교해봐라. 그러면 너도 두뇌를 훈련하기 위해서는 아무리 많은 시간을 쏟아 부어도, 아무리 많은 노력을 해도 아깝지 않다고 생각할 것이다.

    물론 때로는 훈련 같은 것을 하지 않는데도 자연적인 힘만으로 천재가 되는 일도 있다. 하지만 그건 드문 일이기 때문에 그것만 믿고 기다릴 수는 없다. 만약 그런 천재가 훈련을 받는다면 더욱 훌륭해질 것이다. 그러니까 아직 늦지 않았을 때에 많은 지식을 확실히 쌓고, 또 그러기 위한 노력을 아끼지 마라. 그렇게 하지 않으면 너는 출세는커녕 아무 가능성도 보이지 않는 사람이 될 것이다.

네 입장을 생각해봐라. 출세의 발판이 될 만한 지위도 재산도 없고, 나 역시도 언제까지 너에게 힘이 되어줄 수 있을지 모른다. 아마 네가 사회인이 될 무렵이면 난 이미 퇴직해 있겠지.

그렇다면 넌 무엇에 의지해야 할까? 뭘 믿어야 할까? 그건 네 능력이다. 그것이 출세를 향한 유일한 길이고, 또 그래야만 한다. 물론 네게 능력이 있다면 말이지만…….

사람들은 곧잘 자기 자신은 뛰어난 사람인데 남에게 밀려났다거나, 인정받지 못했다는 얘기를 한다. 하지만 내가 알고 있는 한, 실제로 그런 일은 없다. 아무리 큰 어려움이 닥쳐도 뛰어난 사람은 반드시 성공을 거두기 마련이다.

자신을 크게 만드는 세 가지 무기

내가 말한 '뛰어나다'는 것은 폭넓은 지식과 사물에 대한 식견이 있고, 태도 역시 훌륭한 사람을 말한다. 식견이 얼마나 중요한지는 새삼 말할 필요도 없겠지. 다만 한 가지 말하고 싶은 것은 식견이 없는 사람은 쓸쓸한 인생을 보내게 된다는 것이다. 다시 말하지만 지식은 무엇을 지향하든 확실히 자기 것으로 만들어놓아야 한다.

태도는 앞서 언급한 요소 중에서는 가장 보잘것없는 것일지도 모른다. 하지만 뛰어난 인간이 되기 위해서는 빼놓을 수 없는 것이다. 지식이나 식견은 사람의 태도 여하에 따라 빛을 발할 수도 있고, 흐려질 수도 있기 때문이다. 또한 그것에 따라 지식이나 식견이 쉽게 얻어지기도 하고 그렇지 않기도 하다. 그리고 사람을 끌어당길 수 있는 것 역시 그 사람의 지식이나 식견이 아닌 태도라고 할 수 있다.

내가 때때로 써 보낸 글들, 그리고 앞으로 써 보낼 것들에 부디 진지하게 귀를 기울여주길 바란다. 그것들은 오랜 경험에서 나온 내 지혜의 결집이라고 할 수 있기 때문이다. 그리고 이것은 너에 대한 나의 애정의 표시다. 나는 너 이외의 다른 누구에게도 조언을 할 생각이 없다.

넌 아직 내가 너의 앞날에 대해 걱정하는 마음의 절반도 네 자신을 위해 뭔가를 할 수 없다. 그러니 지금은 내 충고가 어떻게 도움이 될지는 모르겠지만, 잠시 동안 참고 견디면서 내가 하는 말에 잘 따라주었으면 좋겠다. 그러면 언젠가 내 충고가 헛된 것이 아니었다는 사실을 반드시 알게 될 것이다.

2장

그릇이 작으면 하고 싶은 일을 할 수 없다

1 노력 없이 잘 자라는 나무는 없다

　　태만, 이것에 대해 너에게 해주고 싶은 말이 있다. 나의 애정은 너도 알다시피 어머니의 애정과는 다르다. 나는 자식의 결점에서 눈을 돌리지 않는다. 오히려 그 반대라고 할 수 있다. 결점이 있으면 그것을 찾아내는 것, 그것이 부모로서의 의무이자 특권이라고 생각하기 때문이다. 또한 지적받은 점을 고치려고 노력하는 것은 아들로서 너의 의무이자 권리라고 생각한다. 넌 어떻게 생각하느냐?

　　다행히도 지금까지 내가 봐온 범위 내에서는 성격이나 머리로나 너는 그다지 문제 될 것이 없다. 다만 조금 나태한 점과 주의가 산만한 점, 무관심한 점이 있는 것 같구나. 그런 것은 육체적, 정신적으로 나이 든 노인이라면 몰라도—인생의 황혼을 맞은 노인이 평온한 여생을 보내고자 하는 것은 무리가 아니니 말이다—젊은이들에게는 결코 용납될 수 없는 일이다.

　　젊은이들은 남보다 뛰어나려고, 빛나려고 노력해야 한다. 기민하고. 행동적이고, 무엇을 하든 끈기가 있어야 한다. 카이사르(역주−로마 공화정 말기의 정치가)도 말했듯이 무언가를 만들어내는 행동이 아니라면 행동이라고 할 수 없다.

너에게는 어쩐지 활기가 결여되어 있는 것같이 느껴진다. 활기가 넘쳐야만 주위 사람을 즐겁게 해줄 수 있고, 또 그런 사람이 남보다 뛰어나려고, 빛나려고 노력하는 법이다. 존경받는 사람이 되고 싶다면 그렇게 바라고 그걸 위해 노력해야 한다. 그렇게 하지 않으면 결코 존경받는 사람이 될 수 없다. 사람들을 즐겁게 해주기 위해 신경을 쓰지 않으면 자신도 즐거울 수 없다는 것을 항상 명심해라.

사람은 누구나 되고자 하는 대로 될 수 있다고 나는 생각한다. 보통의 지적 능력을 지닌 사람이라면 능력을 개발하고, 집중력을 기르고, 노력을 게을리 하지 않는다면 어느 정도 자신이 원하는 모습이 될 수 있다.

너는 장차 정신없이 돌아가는 큰 사회의 일원이 될 것이다. 그렇게 되기 위해서 지금 무엇을 해야 할까? 세계의 동향이나 사회의 시스템, 자국과 세계의 역사 등 앞으로 도움이 되는 것들에 대해 지식을 얻어야 한다. 보통의 두뇌를 가진 사람이 조금만 더 노력한다면 얼마든지 얻을 수 있는 것들이다. 그것을 못 하겠다고 하는 건 있을 수 없는 일이다. 자기가 무엇을 하면 좋을지 알고 있으면서도 그것을 하지 않는 것은 태만일 뿐이다.

성취욕이 없으면 발전도 없다

태만한 사람이란 어떤 일에 대해 끝까지 노력하지 않는 사람이다. 조금이라도 어렵거나 귀찮거나 하면(얻을 만한 가치가 있는 것의 대부분은 다소 곤란하거나 귀찮기 마련이지) 금세 꺾여버리거나, 달성하고자 하는 목표를 코앞에 두고서도 그걸 포기하고, 결과적으로는 표면적인 지식을 얻는 것에 만족해버리고 마는 것이다. 조금이라도 참고 노력하는 것이 싫어 결국 바보스럽고 무지한 인간이 되기를 택하는 셈이다.

이런 사람들은 대부분의 일을 '못 하는 것'으로 생각하고, "못 하겠다"라고 말한다. 실제로 진지하게 노력한다면 세상에서 못 할 일은 그리 많지 않은데도 불구하고 말이다. 이런 사람들에게 있어 어려운 일은 곧 '불가능한 일'이다. 그들은 자기의 태만함에 대한 변명으로 그렇게 생각하는 척하는 것이다.

그들은 한 가지 일에 한 시간 집중하는 것조차도 고통으로 여긴다. 그러니 어떤 일도 처음에 받아들인 대로만 해석을 한다. 다양한 방향에서 생각해보려고 하지 않고 말이다. 결국 깊이 생각하려고 하지 않는 것이다. 이런 사람들이 통찰력과 집중력을 겸비한 사람을 상대로 대화를 시작하면 금세 자신의 무지와 태만이 백일하에 드러나, 앞뒤가 맞지 않는 엉뚱한 대답밖에 할 수 없게 된다. 따라서 처음에 어렵고 귀찮다고 생각될 때 포기해서는 안 된다. 반대로 열심히 노력해서 성인이라면 누구나 알아야 할 것들을 철저하게 내 것으로 만들겠다는 마음가짐을 가져야 한다.

전문 분야 외의 상식도 알아두어라

지식 중에는 어떤 특정 직업을 지닌 사람에게는 필요하지만 그 외의 사람들에게는 필요 없는 것도 있다. 예를 들어 항해학 같은 것은 평소에 네가 적절하게 질문을 하면 얻을 수 있는 표면적이고 일반적인 지식만 있으면 충분하다. 하지만 어떤 직업을 가진 사람이라도 누구나 알아두어야 할 것은 철저하게 알아두는 편이 좋다. 외국어 하나쯤이나 역사, 지리, 경제학의 기초 지식, 그리고 인생을 어떻게 살아갈 것인가 하는 것들 말이다. 이런 것들을 자기 것으로 만들기 위해서는 노력이 필요하다. 그러나 하나하나 착실하게 공부한다면 모두 할 수 있는 것들이다. 그리고 그 노력은 고스란히 너에게 돌아오게 될 것이다.

다시 한 번 말하지만 너는 어리석은 사람들이 자주 입에 올리는 "나는 할 수 없어"라는 변명을 하지 않았으면 좋겠다. 또 나는 네가 그런 변명은 하지 않으리라고 믿고 있다. 정신적으로나 육체적으로나 '못 하는 일' 따위 없다. 한 가지 일에 장시간 집중하지 못한다는 것은 "나는 바보다, 나는 무능하다"라는 걸 스스로 드러내는 것과 마찬가지다.

내가 아는 사람 중에 칼을 어떻게 차야 할지 몰라 식사할 때마다 그것을 풀어놓는 사람이 있다. 칼을 찬 채로는 식사를 할 수가 없다는 것이다. 나는 그 사람에게 이렇게 말해주었다.

"칼을 풀어놓는다는 것은 식사 중에 자신에게나 동석한 다른 사람에게 결코 위험한 일이 발생하지 않으리라는 것을 당신 스스로가 보장하는 것과 마찬가지입니다."

어쨌든 다른 모든 사람이 쉽게 하는 일을 "못 한다"라고 하는 것은 정말로 부끄러운 일이며, 또한 어리석은 일이다.

2 작은 일을 소홀히 한 대가는 크다

세상에는 별로 중요하지 않은 일로 날마다 바쁘게 사는 사람들이 있다. 그들은 무엇이 중요하고 무엇이 중요하지 않은지를 알지 못해 중요한 일에 써야 할 시간과 노력을 쓸데없는 일에 낭비한다. 이런 사람들은 누구와 만나 얘기를 나누더라도 겉모습에만 눈을 빼앗겨 상대방의 인격에는 통 관심을 갖지 않는다. 연극을 보더라도 내용보다는 무대 장식에만 정신이 팔려 정작 중요한 건 놓치기 일쑤다. 정치도 정책을 운운하기보다는 형식에 얽매이고 만다. 이래서야 되겠느냐?

그런데 똑같이 사소한 것이라도 그것이 없으면 남들로부터 호감을 얻지도, 남을 즐겁게 해주지도 못하는 것이 있다. 이런 것들은 훌륭한 인간이 되기 위해 지식을 쌓고 멋진 태도를 몸에 익히려고 하는 것과 마찬가지로 노력해서 익혀두어야 한다. 조금이라도 해볼 만한 가치가 있다고 생각되면, 훌륭하게 해내는 것도 필요한 일이다.

그리고 그것을 훌륭하게 해내기 위해서는 무엇보다도 그것에 주의를 기울여야 한다. 그래서 너에게 당부하고 싶다.

예를 들어, 춤이나 옷차림 같은 것은 언뜻 사소해 보이는 것이지만 신경을 쓰도록 해라. 춤은 경우에 따라서 젊은이가 꼭 배워둬야 하는 것 중에 하나다. 춤을 배울 때에는 제대로 된 마음가짐으로 배워야 한다. 이런 게 나의 장래와 무슨 상관이 있겠나 하고 무시해서는 안 된다. 옷차림 역시 마찬가지다. 사람은 누구나 옷을 입어야 한다. 그렇다면 제대로 입는 게 낫지 않겠느냐?

마음이 딴 곳에 있으면 아무것도 할 수 없다

보통 주의가 산만하다는 소리를 듣는 사람은 일반적으로 머리가 나쁘거나 마음이 딴 곳에 가 있는 사람이다. 어느 쪽이든 함께 있으면 즐겁지 않은 건 당연하다. 그런 사람은 여러 면에서 결례를 범하기 쉽다. 가령 어제까지 친하게 지내던 사람을 오늘은 모른 척한다. 다같이 얘기를 나누고 있어도 함께 어울리려고 하지 않는다. 뿐만 아니라 갑자기 생각이라도 난 듯이 자기 멋대로 대화에 끼어들곤 한다. 이런 것은 한 가지에 집중하지 못한다는 증거다. 그렇지 않다면 더욱 중요한 무언가에 마음을 빼앗기고 있다고밖에 생각할 수 없다.

분명 아이작 뉴턴(역주-영국의 물리학자, 천문학자)을 비롯해서 천지가 창조된 이래로 지금까지 출현한 몇몇 천재는 주위에 사람이 있더라도 개의치 않고 사색에 열중하는 것이 용납되었을지 모른다. 그러나 그런 면죄부를 갖지 못한 일반인들은 그래서는 안 된다. 조금이라도 그런 흉내를 냈다가는 게으른 사람으로 낙인찍혀, 동료들 사이에서도 외면당하고 말 것이다.

부주의한 사람, 주의가 산만한 사람처럼 함께 있으면 불쾌한 사람은 없을 것이다. 그건 상대를 모욕하는 것과 마찬가지다. 모욕은 어떤 사람에게나 용서하기 어려운 일이다. 생각해봐라. 존경하는 사람이나 사랑하는 사람을 앞에 두고 딴 생각을 하는 사람이 있을까? 즉, 누구나 주목할 만하다고 생각하는 사람에게는 집중하기 마련이다. 그리고 어떤 경우라고 해도 주목할 가치가 없는 상대란 없는 것이다.

나라면 마음이 떠난 사람과 함께 있을 바에야 죽은 사람과 함께 있겠다. 죽은 사람은 적어도 나를 바보 취급하지 않을 테지만, 멍하니 있는 사람은 나를 주목할 만한 가치가 없는 사람이라고 말없이 단언하고 있는 거나 마찬가지니까.

만약 그것을 용서할 수 있다고 해도 정신이 산만한 사람이 과연 함께 있는 사람들의 인격이나 태도, 그 지방의 관습 등을 제대로 관찰할 수 있을까? 그건 여간 어려운 일이 아니다. 그런 사람은 아무리 훌륭한 사람들에게 평생을 둘러싸여 있어도(그 사람들이 받아들인다면 말이다. 나라면 사양하고 싶은 일이지만), 무엇 하나 얻지 못하고 끝날 것이다. 게다가 지금 해야 할 일, 하고 있는 일에 주의를 기울이지 못하는 사람은 일을 잘할 리도 없을뿐더러 좋은 이야기 상대도 되지 못할 것이다.

너무 깊은 사색에 빠져 있는 건 위험하다

나는 네 교육을 위해서는 돈을 아끼고 싶은 마음은 없지만(그것은 지금까지 해온 것을 보더라도 네가 충분히 짐작할 수 있겠지), 그렇다고 해서 네게 '주의 환기인'을 붙여줄 생각은 없다. '주의 환기인'에 대해서는 너도 조너선 스위프트의 「걸리버 여행기」에서 읽었겠지?

걸리버의 말에 의하면 라퓨타 사람 중에는 언제나 심오한 사색에 빠져 있는 철학자가 있는데, 그들은 주의 환기인이 발음기관이나 청각기관을 가끔씩 자극해주지 않으면 말을 하지도, 남의 말을 듣지도 못한다고 한다. 그래서 생활에 여유가 있는 집에서는 그런 사람들을 하인으로 고용한다고 하지.

주인들은 주의 환기인 없이는 밖에 나가 길을 걷지도, 남의 집을 방문하지도 못하고, 산책조차도 못 한다. 왜냐하면 깊은 생각에 잠겼다가 위험한 상황에 닥쳤을 때 눈꺼풀을 가볍게 건드려서 위험을 알려주지 않으면 언제 낭떠러지에서 발을 헛디딜지, 기둥에 머리를 부딪힐지 모르기 때문이다. 또 거리를 걷다가 언제 어디서 사람과 부딪힐지, 언제 개집과 충돌할지도 모른다.

물론 나는 네가 라퓨타 사람처럼 심오한 사색에 빠져 주의가 산만해지리라고는 생각하지 않는다. 네 경우에는 오히려 머리가 비어 있는 쪽이겠지만, 그래도 너무 부주의해서 주의 환기인이 필요하게 되는 일은 없길 바란다.

3 자신을 낮출 줄도
알아야 한다

　　다른 사람과 대화할 때 그 사람의 이야기에 귀를 기울이지 않는다면, 그건 상대방을 무시한다는 뜻이 된다. 여러 번 말하지만 세상에는 함부로 무시당해도 좋을 정도로 시시한 사람은 없다.

　물론 간혹 어리석은 사람이나 칠칠치 못한 사람은 있다. 그런 사람을 존경하라고까진 하지 않겠다. 하지만 바보 취급을 해서는 안 된다. 드러내놓고 무시하고 깔보다가는 도리어 자신을 망치는 지름길로 갈 수 있다. 마음속으로 싫어하는 것은 자유지만 구태여 그것을 나타낼 필요는 없다. 그것은 표리부동한 것이 아니다. 오히려 현명한 지혜다.

　왜냐하면 그런 사람들도 언젠가는 너에게 힘이 되어줄 때가 올지도 모르기 때문이다. 그럴 때 네가 단 한 번이라도 그 사람을 멸시한 적이 있다면 상대는 너를 도와주지 않을 것이다. 나쁜 짓은 용서받을 수 있을지 몰라도 모욕은 용서받을 수 없다. 사람에게는 자존심이라는 게 있고, 그것은 자기가 멸시를 당했다는 것을 언제까지나 기억하게 하니 말이다.

상대방에게 멸시를 당한다는 것은, 때로 우리 자신이 저지른 죄 이상으로 숨기고 싶은 자신의 약점이나 결점을 적나라하게 건드리는 것이 된다. 그것은 무척 괴로운 일이다. 자신의 실수를 친구들에게 떠들어대는 사람은 많지만, 아무리 친한 친구라고 해도 자신의 약점이나 결점을 말하는 사람은 없다.

그와 마찬가지로 잘못을 지적해주는 친구는 있어도, 친구의 약점을 직접적으로 건드리는 사람은 없을 것이다. 스스로 말을 하든, 남에게 듣든 간에 그것을 말하는 것은 당사자의 자존심에 깊은 상처가 된다는 것을 알고 있기 때문이다.

조그마한 일이라도 모욕을 느끼면, 그것에 대해 분노할 정도의 자존심은 누구나 가지고 있다. 그러므로 평생의 적을 만들고 싶지 않다면, 아무리 모욕할 만한 사람이라 해도 그것을 밖으로 드러내는 일은 삼가야 한다.

무심코 던진 말 한마디가 평생의 적을 만든다

흔히 젊은이들은 우월감을 드러내고 싶어서, 또는 주위 사람들을 웃기고 싶어서 남의 약점이나 단점을 폭로하는 짓을 하곤 한다. 그러나 그런 짓은 절대로 해서는 안 된다. 그런 유혹을 이겨내야 한다. 물론 그런 짓을 하면 잠시 주위 사람들을 웃길 수 있을지는 모르지만, 그로 인해 너는 평생의 적을 만들게 될지도 모른다. 또 그때 함께 웃었던 친구들도 나중에 가서는 그때 일을 좋지 않은 기억으로 떠올릴 게 분명하다. 그리고 결국엔 널 싫어하게 될 것이다.

그뿐만이 아니다. 우선 그것은 비열한 짓이다. 마음이 착한 사람이라면 남의 약점이나 불행을 덮어주지, 드러내놓고 창피를 주지 않는다. 만약 네게 기지가 있다면 그것을 남에게 상처를 주는 일에 쓰지 말고 남을 유쾌하게 하는 데 사용하도록 해라.

4 자신의 가치관만으로
세상을 헤아리지 마라

네 편지 잘 받아보았다. 네가 로마가톨릭교회에 대한 엉터리 이야기를 듣고, 또 그것을 아직까지 맹신하고 있는 신도들을 보고 놀란 마음은 잘 알겠다. 그러나 아무리 잘못된 생각일지라도 본인들이 진심으로 믿고 있는 한 결코 비웃거나 책망해서는 안 된다.

물론 분별력이 약해지고, 눈이 멀게 된 불쌍한 사람들이다. 하지만 그들은 비웃음을 사거나 책망받을 만한 일을 해서 그렇게 된 것이 아니라는 것을 기억해라. 그들을 상냥한 마음으로 대하고, 가능하면 대화를 나누면서 올바른 방향으로 이끌어주려는 마음가짐을 갖는 건 어떨까?

인간은 각자 자신의 생각에 따라 행동하는 법이다. 남들이 자기와 똑같은 생각을 해야 한다고 믿는 것은 남이 자기와 체형도 몸집도 똑같아야 한다는 것과 마찬가지로 터무니없는 억지다. 인간은 각자 자신이 옳다고 생각하며 살겠지만, 누가 옳은가를 알고 있는 이는 하느님밖에 없다.

그러니까 네 생각과 다르다고 해서 무조건 남을 무시해서도 안 되고, 네 믿음과 다르다고 해서 이교도 취급을 하고 박해를 해서도 안 된다. 인간은 자신이 생각하는 대로 생각할 수밖에 없고, 믿으려 하는 것밖에 믿을 수 없는 존재다. 책망받아야 할 사람은 일부러 거짓말을 한 사람, 엉터리로 이야기를 꾸며낸 사람이지 그것을 믿는 사람이 아니다.

정직하고 떳떳하게 살아가겠다는 마음가짐이 중요하다

거짓말처럼 죄가 많고, 비겁하고, 바보스러운 것이 또 어디 있을까? 거짓말은 적의나 두려움, 허영심에서 비롯된 것인데, 그 어떤 경우에도 목적을 달성하는 일은 드물다. 아무리 잘 꾸며댄다 할지라도 거짓말은 금세 들통이 나기 마련이다.

예를 들어 누군가의 행운이나 인덕을 시기해서 거짓말을 했다고 하자. 물론 잠시 동안은 상대에게 상처를 줄 수 있을지도 모른다. 하지만 결국 가장 괴로운 것은 자기 자신이다. 거짓말이 들통 났을 때 가장 상처를 입는 사람은 거짓말을 한 사람이기 때문이다. 게다가 그 후에 상대에 대해 심한 말이라도 하는 날엔, 아무리 그것이 사실이라 할지라도 단순한 중상모략으로 받아들여지기 쉽다. 이 얼마나 낭패인가.

또 만약 자신의 언동에 대해 변명을 하거나 명예가 훼손될 것이 두려워 거짓말을 했다면(거짓말이나 변명이나 다 마찬가지다), 그 사람은 자신의 거짓말과 그 원인이 된 불안 때문에 오히려 명예를 훼손당하고 창피를 당한다는 사실을 깨닫게 될 것이다. 결국 그 사람은 가장 저급하고 비겁한 자라는 것을 주위 사람들에게 증명한 것밖에 안 되는 셈이다.

만약 어쩔 수 없이 잘못을 저질렀을 때는 거짓말을 하거나 그것을 숨기려고 하기보다는 정직하게 인정하는 것이 떳떳한 태도다. 그리고 그렇게 하는 것이 속죄를 하는 방법이며 용서를 구하는 유일한 방법이기도 하다.

잘못을 숨기려고 변명을 하거나, 얼버무리거나, 속이려고 하는 것은 결코 좋은 방법이 아니다. 오히려 그 사람이 무엇을 두려워하고 있는지 사람들에게 알려주는 꼴이 된다. 따라서 그렇게 해도 성공하는 경우는 드물고, 또 성공하지 못하는 게 당연하다.

너도 양심이나 명예에 상처를 입지 않고 사회생활을 잘해나가고 싶다면 거짓말을 하거나 속이지 말고 떳떳하게 살아라. 이것은 살아가면서 꼭 지켜야 하는 것 중 하나다. 그렇게 하는 것이 인간으로서의 의무며, 자신에게 훨씬 더 많은 이익을 주는 방법이다. 너도 이미 깨달았겠지만, 거짓말이란 어리석은 사람에게나 거부할 수 없는 힘을 발휘하는 것이다.

5 세상이라는 거대한 미로의 입구에 서 있는 너에게

오늘은 인간에 대해, 인간의 성격과 태도, 즉 세상에 대해 공부하기로 하자. 이것은 아무리 나이를 먹어도 생각해볼 만한 가치가 있다. 특히 네 나이에는 쉽게 얻기 힘든 지식이지.

예전부터 이상하게 생각했던 것인데, 이런 인생의 지혜를 젊은이들에게 전수하는 사람은 거의 없더구나. 다들 자기 역할이 아니라고 생각하는 것일까?

학교 선생들이나 대학 교수들도 마찬가지다. 언어나 자신의 전문 분야를 단편적으로 가르칠 뿐, 그 밖의 것들은 가르치지 않는다. 아니, 가르치지 못한다. 그것은 부모들 역시 마찬가지다. 부모들도 시간에 쫓겨서 그런 건지, 무관심한 건지 제대로 가르치지 않는다. 개중에는 자녀를 세상 속으로 던져 넣는 것이야말로 가장 좋은 공부라고 생각하는 부모도 있는데, 그건 어떤 의미에서 맞는 말이기도 하다. 분명 세상은 이론만으로는 알 수 없으니까. 직접 세상 속에 뛰어들어 몸을 부딪쳐 가며 배우는 수밖에 없다.

하지만 나는 그 전에—젊은이들이 미로 속에 발을 들여놓기 전에—그곳에 발을 들여놓은 적이 있는 경험자가 길잡이가 되어주는 것쯤은 괜찮지 않을까 생각한다.

정당하게 평가받는 사람과 그렇지 못한 사람과의 차이

그럼 본론으로 들어가도록 하자. 아무리 훌륭한 사람이라도 남들에게 존경받기 위해서는 위엄이 있어야 한다. 떠들썩한 소동을 벌이고, 까불고, 때로 큰 소리로 웃음을 터뜨리고, 농담을 하고, 익살을 부리고, 또는 유난히 남에게 잘 달라붙는 것은 위엄 있는 태도가 아니다. 이런 태도를 취한다면 아무리 지식이 풍부한 사람이라도 존경받기 힘들다. 오히려 바보 취급을 받기 십상이다.

명랑한 것도 좋지만, 속없이 웃기만 하는 사람 치고 존경받는 사람은 거의 없다. 게다가 지나치게 아첨하는 사람 역시 윗사람을 화나게 할 뿐이고, 주위 사람들로부터 "쓸개가 빠졌다"라거나 "꼭두각시"라는 험담을 듣게 된다. 신분이나 지위가 낮은 사람들에게 채신없이 굴면 상대는 오해를 해서 대등하게 굴려고 하고, 여러 가지 부당한 요구로 골치를 썩일지도 모를 일이다.

농담도 그렇다. 농담만 하는 사람은 피에로와 다를 바 없다. 남들이 감탄할 만한 기지와는 전혀 다르다.

결국 자신의 원래 성격이나 태도와 관계없는 점이 남들 마음에 들어 무리에 받아들여지는 사람은 결코 존경받지 못한다. 마음대로 이용만 당할 뿐이다.

우리는 자주 이런 말을 한다. 저 사람은 부르지 말자, 어떤 게임이든 지나치게 푹 빠져버리니까. 금세 술이 과해지니까. 혹은 저 사람은 노래를 잘하니까 우리 팀에 끼워주자, 춤을 잘 추니까 파티에 초대하자, 농담을 잘해서 즐겁게 하니까 식사에 초대하자. 이런 말은 결코 칭찬이 아니다. 오히려 비방에 가깝다고 할 수 있다. 일부러 지명을 받아 바보 취급을 당하고 있는 것이다. 적어도 정당한 평가를 받지 못하고, 존경받지 못하는 건 분명한 일이다.

한 가지 이유만으로 모임에 낀 사람은 그 장기 이외의 존재 가치란 있을 수 없으며, 아무리 장점이 많다고 해도 존경을 받지 못한다.

언제나 진중한 태도를 가져라

그렇다면 위엄 있는 태도란 어떤 것일까? 그것은 거만한 태도와는 다른 것이다. 아니 상반된 것이라고 하는 편이 좋겠다. 그것은 잘난 체하는 것이 용기가 아니고, 농담이 기지가 아닌 것과 마찬가지다.

거만한 태도만큼 품위를 떨어뜨리는 것은 없다. 거만한 인간의 자부심은 화도 부르지만 그 이상으로 조소와 멸시도 낳는다. 거만한 인간은 물건을 지나치게 비싼 값에 팔려는 장사꾼과 같다. 그런 장사꾼에게는 사는 사람도 많이 깎으려 든다. 하지만 정당한 가격을 붙여서 파는 상인에게는 흥정을 걸지 않는 법이다.

위엄 있는 태도란 아부하는 것과는 거리가 멀다. 그렇다고 뻣뻣하게 굴라는 것이 아니다. 시끄럽게 논쟁을 벌일 필요도 없다. 자신의 의견은 말을 아끼면서 분명하게 말하고, 다른 사람의 말은 기분 좋게 잘 들어주는 것, 이것이 바로 위엄 있는 태도다.

위엄은 외견에 의해 주어지기도 한다. 얼굴 생김새나 동작에서 점잖은 분위기를 풍기면 위엄이 있어 보인다. 물론 품위가 깃든 밝은 표정도 괜찮다. 그런 것들은 원래 위엄을 느끼게 하는 법이다. 반면 히죽거리며 웃는 태도나 불안하게 몸을 흔드는 것은 경박한 느낌을 준다.

외견으로 위엄을 드러낼 수 있다고는 하지만, 언제나 맞기만 하는 사람은 아무리 노력해도 용기 있는 사람으로 보이지 않는 것과 같이, 나쁜 짓을 하는 사람은 결코 위엄 있는 사람으로 보이지 않는다. 하지만 그런 사람이라도 예의 바르게 행동한다면 조금씩 나아질 수는 있다.

아직 말하고 싶은 것은 많지만 나머지는 키케로(역주—로마의 문인, 정치가)의 「안내서」나 「예의범절 편람」을 잘 읽어보고 좀 더 공부했으면 좋겠다. 할 수만 있다면 암기할 정도의 마음가짐으로 읽어라. 이 책에는 위엄을 몸에 지니기 위해서는 어떻게 하면 좋은가에 대해 상세하게 기록되어 있다.

내일을 위해 오늘을 소중히 여겨라 3장

1 오늘의 일 분을 우습게 여기는 사람은 내일의 일 초에 울게 된다

돈이나 재산을 잘 사용하는 사람은 드물다. 그러나 시간을 잘 사용하는 사람은 더 드물다. 시간을 잘 사용하는 것이 돈이나 재산을 잘 사용하는 것보다 중요하다는 것은 말할 필요도 없을 것이다. 나는 네가 이 두 가지를 잘 사용하는 사람이 되길 바란다. 너도 이제 이런 것들을 생각해야 할 나이니까.

젊을 때는 시간이 많아서 아무리 흥청망청 써도 없어지지 않을 거라고 생각하기 쉽다. 하지만 그것은 막대한 재산을 써버리는 것과도 같아서, 깨달았을 때에는 이미 손쓸 도리가 없게 되어버리는 경우가 많다.

윌리엄 3세, 앤 여왕, 조지 1세 시대에 이름을 떨친 고(故) 라운즈 재무 장관은 생전에 이렇게 말하곤 했다.

"일 펜스를 우습게 여겨서는 안 된다. 일 펜스를 우습게 여기는 사람은 일 펜스 때문에 울게 된다."

맞는 말이다. 또 그는 스스로도 그것을 실천하여, 두 명의 손자에게 막대한 유산을 남겼다.

이것은 시간에도 그대로 적용할 수 있다. 일 분을 우습게 여기는 사람은 일 분, 아니 일 초 때문에 울게 된다. 따라서 십 분이든 십오 분이든 소홀히 해선 안 된다. 십 분이나 십오 분이라고 해서 소홀히 하다 보면 하루에도 몇 시간을 낭비하게 되고, 그것이 일 년 동안 모이면 상당한 시간이 되는 것이다.

빈 시간을 공백으로 만들지 않고 보내는 방법

예를 들어 열두 시에 약속이 있다고 치자. 너는 열한 시에 집을 나와 그 전에 두세 명의 집을 방문할 예정이다. 그런데 그중에 누군가가 집에 없다면 어떻게 하겠느냐? 커피숍에 들어가서 시간을 보내겠느냐? 나라면 그렇게 하지 않을 것이다. 우선 집에 돌아가서 편지를 쓰겠다. 그렇게 해두면 다른 약속 장소로 갈 때 그것을 우체통에 넣을 수 있으니까.

편지를 다 썼는데도 시간이 남는다면 책을 읽겠다. 시간이 짧아서 데카르트나 말브랑슈나 로크나 뉴턴의 책같이 난해한 책은 적절하지 않을 테니, 호라티우스나 부알로, 와라가 쓴 짧고도 재미있는 내용의 책이 좋겠다. 이렇게 해서 빈 시간을 효율적으로 활용한다면 시간을 절약할 수 있다. 적어도 시간을 지루하게 보내진 않겠지.

세상에는 아무 하는 일 없이 빈둥빈둥 시간을 흘려보내는 사람이 많다. 큰 의자에 기대 하품을 하면서 "뭘 시작하기엔 시간이 좀 모자라고……"하며 빈둥거린다. 하지만 이런 사람은 시간이 있어도 뭔가를 시작하지 않을 것이다. 결국 아무것도 하지 않고 시간은 흘러가 버리니 불쌍하다고밖에 할 수 없다. 아마도 이런 사람은 공부에서나 일에서나 크게 성공하기는 어려울 듯싶다.

느긋하게 사는 것은 네 나이에서는 아직 허용되지 않는다. 내 나이가 되어서야 비로소 허용되는 일이다. 말하자면 너는 세상에 이제 막 얼굴을 내민 셈이니 근면하고, 끈기 있게 행동하는 것이 당연하다. 앞으로 몇 년이 네 인생에 얼마나 큰 의미를 지니는가를 잘 생각해봐라. 그러면 한순간이라도 소홀히 할 수 없을 것이다.

그렇다고 해서 하루 종일 책상머리에 붙어 있으라는 뜻은 아니다. 그런 건 권할 생각도 없고 그러길 바라지도 않는다. 다만 뭐라도 좋으니까 뭔가를 하고 있는 것이 중요하다. 이십 분이니까, 삼십 분이니까 하면서 무시하고 아무것도 안 한다면 일 년 후에는 상당한 손실이 된다. 예를 들어 하루 중 공부하는 시간과 노는 시간 중간에 비는 시간이 얼마간 있을 것이다. 그럴 때 멍하니 하품만 하고 있어서는 안 된다. 어떤 책이라도 좋으니 가까이 있는 것을 손에 들고 읽어라. 시시하다고 생각되는 간단한 이야기책 같은 것이라도 읽지 않는 것보다는 낫다.

사소한 시간이라도 최대한 활용해라

내가 아는 사람 중에 시간을 아주 잘 활용하는 사람이 있다. 이 남자는 화장실에 들어가 있는 짧은 시간도 효율적으로 이용해 고대 로마 시인의 작품을 조금씩 읽어, 마침내 독파하는 데 성공했다. 예를 들어 호라티우스를 읽고 싶다고 하자. 이 남자는 호라티우스의 시집을 두 장씩 찢어 화장실 안에서 읽는다. 그리고 다 읽은 종이는 그대로 화장실의 여신에게 바친다고 하더구나.

이런 식으로 시간을 효율적으로 활용하는 방법도 있다. 너도 한번 시도해봐라. 아무것도 하지 않고 가만히 있는 것보다야 훨씬 낫다. 게다가 매일 그런 식으로 한다면 읽어야 할 책의 내용이 항상 머릿속에 남아 있으니 일석이조라고 할 수 있다.

물론 아무 책이나 다 좋다는 것은 아니다. 정독하지 않으면 이해하기 어려운 과학 관련 서적이나 내용이 난해한 책은 적합하지 않다. 하지만 그런 책이 아니더라도 몇 페이지씩 찢어서 읽어도 충분히 의미가 통하고, 또 유익한 책도 많지 않을까? 그런 책을 골라 읽으면 좋을 것이다.

짧은 시간이라도 이렇게 효과적으로 이용한다면 어느 날 문득 상당한 것이 네 앞에 쌓여 있다는 것을 깨닫게 될 것이다. 하지만 짧다고 해서 아무것도 하지 않는다면 나중에 돌이키려고 해도 소용없다. 그러니까 순간순간을 유익하게 보내도록 해라. 어떻게 하면 유익하게 보낼 수 있을까, 잘 생각해보면 될 것이다.

이건 반드시 공부에만 한정된 얘기는 아니다. 놀이도 때에 따라서는 필요하고 중요하다는 것은 전에도 말했지? 인간은 놀이를 통해서 성장하고 비로소 한 사람의 몫을 하게 되는 것이다. 점잔을 빼거나 꾸미지 않을 때의 인간의 모습을 가르쳐주는 것도 바로 놀이다. 그러니까 놀 때도 대충 놀지 말고 열심히 즐길 줄 알아야 한다.

순서에 따라 일을 추진해라

비즈니스에는 보통 일반인들이 생각하는 마술 같은 힘이나 특수한 재능이 필요한 게 아니다. 순서를 차근차근 밟아나가면서 근면함과 분별력을 갖춘다면, 재능만 있고 근면함이 부족한 사람보다는 훨씬 더 일을 잘해낼 수 있다.

네가 사회에 첫발을 내디딘 지금, 모든 일에 체계를 세워 진행하는 습관을 가져야 할 것이다. 순서를 정하고 그에 따라 일을 추진해가는 것이야말로 일을 능률적으로 해내는 비결이라 할 수 있다. 모든 것—글을 쓰고, 책을 읽고, 시간을 분배하는 등—에 순서를 정해야 한다. 그렇게 함으로써 얼마나 많은 시간이 절약되고, 얼마나 일을 순조롭게 잘 진행할 수 있는지 그건 상상을 뛰어넘는다.

말버러 공작(역주—영국의 군인)을 생각해봐라. 그 사람은 단 일 초도 낭비하지 않고, 똑같은 한 시간 동안에도 보통 사람들의 몇 배나 되는 일을 한꺼번에 해치워 버렸다. 뉴캐슬 공작(역주-영국의 군인)이 하는 일이 잘 돌아가지 않는 이유는 게으름 탓이 아니다. 그것은 일의 질서와 순서가 잘못되었기 때문이다. 로버트 월폴 전 수상은 남보다 열 배나 많은 일을 했지만 서두르는 모습을 보인 적이 없다. 그건 일의 순서가 분명하게 정해져 있었기 때문이다. 아무리 능력 있는 사람이라도 순서를 정하지 않고 일을 하면 머릿속이 혼란스러워져서 손을 들 수밖에 없는 상태가 되어버린다.

너는 약간 나태한 편이니 지금부터 그것을 고치려는 노력을 해야 한다. 이 주일이라도 괜찮으니 스스로를 채찍질해서 일을 처리하는 방법과 순서를 모색하기 바란다. 그렇게 하면 미리 정해둔 순서대로 일을 진행하는 것이 얼마나 효율적이고, 얼마나 좋은 결과를 가져오는지 알 수 있게 되어, 다시는 두서없이 일을 시작하려고 하지 않을 것이다.

2 지혜롭게 놀면서
자신을 발전시켜라

놀이나 오락은 젊은이 대부분이 한 번쯤 부딪히는 암초와도 같은 것이 아닐까? 여러 개의 돛을 세우고 바람을 맞으며 쾌락을 찾아 배를 띄운 것은 좋은데, 정신을 차려보니 방향을 판단할 나침반도 없고, 키를 잡기 위해 필요한 지식도 없다. 그렇다면 진정한 즐거움에 도달할 수 없다. 오히려 불명예스러운 상처를 입고 비틀거리며 항구로 돌아오기 십상이다.

이렇게 말하면 오해할 수도 있겠지만, 나는 금욕주의자처럼 즐거움을 혐오하지도 않거니와, 목회자처럼 쾌락에 빠져서는 안 된다고 설교하는 사람도 아니다. 오히려 쾌락주의자에 가까워서 다양한 놀이를 겪어보고 많이 놀아보라고 권하고 싶다.

진심이다. 많이 놀아봐라. 나는 다만 네가 잘못된 항로로 나가지 않도록 길잡이 역할을 해주고 싶을 뿐이다.

너는 어떤 일에서 즐거움을 찾고 있을까? 마음이 맞는 친구와 큰 돈을 걸지 않는 절도 있는 카드 게임을 즐기고 있을까? 명랑하고 기품 있는 사람들과 즐겁게 식탁에 둘러앉아 있을까? 함께 있으면 자아 발달에 도움이 되는 사람과 친하게 지내려고 노력하고 있을까?

나를 친한 친구라고 생각하고 무엇이든 얘기해보려무나. 나는 네 즐거움을 일일이 검열하지는 않을 것이다. 다만 인생의 길잡이로서 좋은 놀이로 인도하고자 할 뿐이다.

무절제한 놀이에는 함정이 숨어 있다

젊은이들은 곧잘 자신의 기호와는 상관없이 겉모양이 멋있고 흥미로워 보이는 것에 탐닉한다. 또 자칫하면 무절제에 빠지기도 쉽다.

너 역시 그렇지 않을까? 가령 술 말이다. 술은 분명 심신에 악영향을 끼친다. 그런데 이것에 빠져 있지는 않은지? 도박 역시 잠시 재미있을지는 모르나 때로는 무일푼이 되기도 하고, 싸움을 하게 되는 경우도 있다. 여자 꽁무니를 쫓는 것도 뺨을 맞거나, 건강을 해치는 정도에서 그치지 않으면 신세를 망칠 수도 있다.

너도 알겠지만 내가 지금 앞에서 말한 것들은 어느 것이나 쓸모없는 '놀이'뿐이다. 그런데 그런 쓸모없는 놀이에 많은 젊은이가 마음을 빼앗기고 있다. 그들은 제대로 생각해보지도 않고 다른 사람들이 오락이라고 부르는 것을 그대로 받아들인 것이다.

네 나이에 놀이에 빠지는 것은 지극히 당연한 일이고, 놀고 있는 모습이 가장 어울리는 것도 사실이다. 그러나 젊음 때문에 대상을 잘못 고르거나 잘못된 방향으로 갈 우려도 많다. 요즘에는 잘 노는 사람이 젊은이들 사이에서는 인기를 끄는 것 같더라만, 그들은 과연 자신이 도달할 장소를 알면서 악에 물드는 것을 원하고 무절제한 생활을 되풀이하고 있는 것일까?

옛날 얘기지만 좋은 본보기가 하나 있다. 겉멋만 잔뜩 든 어느 젊은이가 몰리에르 원작의 번역극인 〈타락한 방탕아(Le Festin de Pierre)〉를 보러 갔다. 주인공의 방탕함에 감격한 이 남자는 자기 역시 타락한 방탕아가 되려고 결심을 했다. 몇몇 친구가 '타락'은 그만두고 '방탕아'로 만족하라고 설득해보았지만, 그는 들으려고도 하지 않고 이렇게 말했다.

"안 돼. '방탕아'만 가지곤 부족해. '타락'이 붙지 않으면 완전하지가 않잖아?"

참으로 어처구니없는 이야기지만, 이게 요즘 젊은이들의 현실이다. 겉멋에만 정신을 빼앗겨서 스스로를 생각할 여유도 없이 물불가리지 않고 뛰어들고 말지. 그리고 결국엔 진짜로 타락해버리고 마는 것이다.

노는 것도 목적을 갖고 놀아라

별로 말하고 싶진 않지만, 네게 참고가 될지도 모르니 부끄러움을 무릅쓰고 내 얘기를 들려주겠다. 나 역시도 내 기호와는 상관없이 잘 노는 사람처럼 보이는 것에서 가치를 찾고자 했던 어리석은 사람 중에 하나였다. 그래, 어리석었던 나는 좋아하지도 않는 술을 잘 노는 사람처럼 보이기 위해 잔뜩 마시고는 기분이 나빠져서 숙취에 괴로워하다가, 그래도 또 마시는 악순환을 거듭했었지.

도박 역시 그랬다. 돈이 필요해서 도박을 한 적은 한 번도 없었지만, 어리석게도 도박을 하는 것이 신사의 필수 조건이라고 생각했다. 그래서 원래 좋아하지도 않았던 것에 맹목적으로 뛰어들었던 터라 불쾌감을 느끼면서도 내 인생에서 가장 중요한 시기였던 삼십 년을 꼬박 도박에 끌려 다녀야 했다. 그 덕분에 진정한 즐거움을 맛볼 기회는 영영 놓쳐버렸다.

철없던 시절의 실수긴 하지만, 줏대 없이 남이 하는 대로 따라하기 위해 겉모습을 꾸미려고 한 것이 얼마나 바보스러운 짓이었는지 새삼 부끄럽게 느껴지는구나. 그러나 어쨌든 간에 나는 그런 어리석은 행동을 일체 그만두었다. 왠지 떳떳하지 않고 불쾌했거든.

일종의 유행병에 걸려 겉만 번지르르한 놀이에 뛰어든 나는, 그 대가로 참된 즐거움을 맛볼 기회를 빼앗겼고, 재산도 잃고, 건강도 해치고 말았다. 그러나 그런 것 모두 하늘이 내린 벌이라고 생각하고 있다.

나는 네가 나의 어리석은 체험담에서 뭔가를 배웠으면 한다. 너만은 너 자신의 즐거움을 스스로 선택하라고 말하고 싶구나. 엉뚱한 놀이에 휘둘려서는 안 된다. 다들 그렇게 한다고 해서 무작정 따라 할 필요는 없다. 너는 너니까. 먼저, 현재 네가 즐기고 있는 놀이를 전부 떠올려 보고, 그대로 계속한다면 어떻게 될 것인가 하나씩 생각해봐라. 물론 그것을 계속할 것인가 그만둘 것인가는 네 판단에 맡기겠다.

즐겁게 보이는 것과 진정으로 즐거운 것을 구별하는 눈

만약 내가 네 나이로 돌아가, 지금까지의 경험을 교훈 삼아 다시 한 번 인생을 살 수 있다면 어떤 일을 할까? 우선 즐겁게 보이는 것이 아니라 진정으로 즐거운 일을 찾겠다. 그중에는 친구와 식사를 하거나 와인을 마시는 것도 물론 포함되지. 하지만 과식을 하거나 폭음을 해서 괴로움을 느끼지 않을 정도에서 만족하겠다.

스무 살이라면 다른 사람들까지 신경 쓰며 살아갈 필요는 없다. 일부러 자기 스타일을 강요하거나 상대를 비난해서 미움을 살 필요도 없다. 남은 남이고 원하는 대로 하게끔 내버려두면 된다. 또 건강만큼은 제대로 관리할 생각이다. 건강에 관심이 없으면 안 되겠지.

도박도 하겠다. 괴로워하기 위해서가 아니라 즐기기 위해서. 아주 적은 돈으로 여러 친구와 어울려 즐기는 것이다. 그렇게 해서 환경에 순응하는 것도 중요하니까. 단, 도박에 거는 돈에는 신중해야겠지. 이기거나 지더라도 생활에 지장이 없을 정도로만, 생활비를 조금 아끼면 될 정도의 범위 내에서 하는 것이다. 물론 도박으로 이성을 잃고 싸움까지 한다는 것은 있을 수 없는 일이다. 흔히 있는 일이긴 하지만 말이다.

시간을 쪼개서 독서도 하겠다. 분별 있는 교양인과의 대화에도 시간을 투자하겠다. 될 수 있으면 나보다 뛰어난 사람이 좋겠구나. 그리고 사교계 사람들과도 남녀를 불문하고 빈번하게 교류하겠다. 대화의 내용에는 쓸데없는 것도 많겠지만 함께 있으면 솔직한 마음으로 대화를 나눌 수도 있고, 기운도 나니까. 게다가 사람을 대하는 태도 등 배울 점도 많다.

다시 한 번 네 나이로 돌아갈 수 있다면 내가 쓰고 있는 이 글처럼 인생을 즐기고 싶구나. 하나같이 분별 있는 것들이라고 생각하지 않느냐? 게다가 이런 것들이야말로 진정한 놀이가 아닐까? 진정으로 즐기는 방법을 알고 있는 사람은 도박에 빠지는 일이 없단다. 그것을 모르는 사람만이 도박에 매달리는 것이다.

그 증거로, 양식이 있는 사람이라면 허구한 날 술독에 빠져 비틀거리는 사람과 친구가 되고 싶지는 않을 것이다. 감당할 수도 없는 큰돈을 걸고 도박을 해놓고, 머리를 쥐어뜯으며 상대방에게 욕을 퍼

붓는 사람과 상대하고 싶은 사람이 어디 있겠느냐? 방탕한 나머지 코는 썩어 문드러지고 다리를 절며 걷는 사람과 친해지고 싶은 사람이 과연 있을까?

아마도 없겠지. 방탕에 빠져, 그것을 자랑하는 사람들을 양식 있는 사람들이 받아들일 리가 없다. 설령 받아들인다고 하더라도 기분 좋게 맞아주지는 않을 것이다.

진정한 놀이를 알고 있는 사람은 품위를 잃지 않는다. 적어도 방탕을 본보기로 삼거나 나쁜 짓을 따라하지는 않을 것이다. 만일 어쩔 수 없이 부도덕한 짓을 하지 않으면 안 될 때에도 대상을 고르고, 또 자괴감을 느낄 줄 안다. 그리고 그들은 방탕을 자랑삼아 말하지 않는다.

3 잘 노는 사람이 일의 기쁨도 안다

　노는 것은 얼마든지 좋다. 자신에게 맞는 놀이를 찾아 마음 껏 즐기면 된다. 하지만 남의 흉내를 내서는 안 된다. 스스로에게 물 어봐라, 무엇이 진정으로 즐거운 것인지. 그리고 즐겁다고 생각되는 일을 하면 되는 것이다.

　흔히 무엇에나 손을 대는 사람이 있는데, 그런 사람은 아무런 기 쁨도 누릴 수 없다. 진지하게 일을 하고, 그것에서 기쁨을 느끼는 사 람만이 놀이에서도 즐거움을 찾을 수 있다. 그런 의미에서 고대 아 테네의 장군 알키비아데스는 합격점이라고 생각되는구나. 부끄러움 을 모르고 방탕을 일삼았다지만 철학이나 일에도 시간을 충분히 할 애했으니까.

　카이사르 역시 일과 놀이에 균등하게 시간을 분배하여 상승효과 를 낳았다고 여겨지는 사람 중 하나다. 실제로 로마의 모든 여성과 밀통했다지만, 학자로서 높은 지위를 쌓았으며, 훌륭한 화술가이자,

지도자로서 그의 실력은 로마 당대 최고라는 평가를 받고 있지 않느냐?

사실 놀기만 하는 인생은 아무런 재미도 없다. 매일 진지하게 일에 몰두하는 사람이 놀이도 진정으로 즐길 수 있는 것이다. 뚱뚱하게 살찐 대식가나 창백한 얼굴을 한 술꾼, 혈색이 나쁜 호색한은 자신이 하고 있는 일을 진정으로 즐기고 있지 못하거니와 이들은 가짜 신에게 자신의 정신과 육체를 바치고 있는 것이나 다름없다.

지적 수준이 낮은 사람들은 대개 쾌락만을 추구하고 품위 없는 놀이에 빠져 있다. 반면 지적 수준이 높은 사람들, 좋은('도덕적인'이라고까지는 하지 않겠다) 친구들에 둘러싸인 사람들은 자연스럽고 세련되며 위험이 적은, 그리고 적어도 품위를 잃지 않는 놀이를 즐긴다.

양식 있는 사람이라면 놀이가 목적이 되어서는 안 된다는 것을 잘 알고 있을 것이고, 또 놀이를 목적으로 삼지도 않는다. 그들은 알고 있다. 놀이는 단순한 위안이자 휴식에 지나지 않으며, 보상에 불과하다는 것을.

일과 휴식은 철저히 구분해라

그런데 일하는 시간과 노는 시간은 철저히 구분하는 것이 좋다. 공부나 일, 지식인이나 명사와 진지하게 나눠야 하는 대화는 아침에

하는 것이 바람직하다. 그러나 일단 저녁 식사 테이블에 앉으면 그 다음은 긴장을 푸는 것이 좋다. 이 시간에는 아주 급한 일이 없는 한, 좋아하는 것을 하며 즐겨도 괜찮다. 마음이 맞는 친구와 카드 게임을 해도 좋다. 절제 있는 사람들이라면 화기애애한 분위기 속에서 즐겁게 게임을 할 수도 있고 싸움을 벌일 일도 없을 것이다.

연극도 좋고, 콘서트에 가는 것도 좋다. 춤이나 식사, 친구들과 떠들며 노는 것도 좋다. 분명 만족스런 밤을 보낼 수 있을 것이다. 물론 매력적인 여성에게 깊은 한숨과 뜨거운 시선을 보내도 좋다. 단, 상대가 너의 품위를 떨어뜨릴 만한, 나아가서는 너를 파멸시킬 만한 사람이 아니었으면 좋겠다. 상대가 넘어오는가 마는가는 네 수완에 달렸겠지만.

위에 말한 것은 진정한 놀이를 알고 있는 사리가 분명한 사람이 즐기는 방법이다. 이렇게 아침에는 공부와 일, 저녁에는 놀이로 시간을 구분하고 놀이도 자기가 정말 좋아하는 것으로 선택한다면, 훌륭한 사회인으로 인정받을 수 있을 것이다.

오전 중에 한껏 집중해서 꾸준히 공부하는 습관을 들인다면 일 년 후면 상당한 지식을 얻게 될 것이다. 한편, 저녁 시간에 친구와 어울리는 것도 네게는 또 하나의 지식, 즉 세상에 대한 지식을 넓히는 길이 된다. 아침에는 책에서 배우고, 저녁에는 사람에게서 배우는 것을 실천한다면, 더는 빈둥거리며 보낼 시간이 없을 것이다.

나도 젊었을 적에는 잘 놀았고 많은 사람과 사귀었다. 아마 나만큼 그런 일에 시간과 노력을 쏟아 부은 사람도 드물 것이다. 그러나 어떻게든 공부할 시간만큼은 확보를 했다. 도저히 시간이 없을 때에는 잠자는 시간을 줄였다. 전날 밤 아무리 늦게 들어와도 다음 날 아침에는 반드시 일찍 일어났다. 나는 이 원칙을 고집스럽게 지켰고, 사십 년이 지난 지금까지도 아플 때를 제외하고는 잘 지키고 있다.

이제 너도 내가 절대 놀아서는 안 된다고 말하는 완고한 아버지가 아니라는 걸 잘 알았을 것이다. 나는 네게 나와 똑같은 생각을 가지라고 하는 것이 아니다. 그런 의미에서 아버지라기보다는 친구로서 충고하는 것이다.

4 한 가지 일에 혼신의 힘을 쏟아라

지난번에 하트 씨로부터 네가 잘하고 있다는 내용의 편지를 받았다. 그 편지를 받고 얼마나 기쁘던지. 그런데 정작 본인인 네가 그 기쁨의 절반도 느끼고 있지 못한다면 난 어떻게 해야 좋을지 모르겠구나. 만족감이나 자부심이 있어야만 공부에 더욱 몰두할 수 있을 테니까.

하트 씨 말에 따르면 너는 열심히 공부하고 있다고 하더구나. 공부할 자세도 갖춰져 있고, 이해력도 높아졌으며, 그에 따른 응용력도 좋아지고 있다고. 여기까지 해냈으면 이젠 그것을 즐겁게 여기는 것만 남았다. 즐거움도 노력하면 할수록 커지는 법이다.

가장 중요한 것은 집중력이다

언제나 지겨울 정도로 말해왔으니 이젠 너도 충분히 알겠지만, 뭔가를 할 때는 그것이 무엇이 되었든 그것에만 집중하는 것이 중요하다. 그 외의 일을 생각해서는 안 된다.

이건 공부뿐만 아니라 놀이 역시 마찬가지다. 뭐든 그것에 전념해서 집중했으면 좋겠구나. 어떤 일도 열심히 하지 못하는 사람은 어느 쪽에도 진보가 없고, 만족을 얻지 못하는 법이다. 그때그때 대상에 마음을 집중하지 못하는 사람, 하지 않는 사람, 다른 일이 머리에서 떠나지 않는 사람, 늘 다른 일을 생각하고 있는 사람은 맡은 일을 제대로 하지 못하는 것은 물론이요, 노는 것 역시 제대로 하지 못한다.

파티나 회식 자리에서 누군가가 머릿속에서 기하학 문제를 풀려하고 있다고 생각해봐라. 그런 사람은 함께 있어도 전혀 즐겁지 않을 것이고, 또 사람들 속에서 매우 초라해 보일 것이다. 또는 서재에서 어떤 문제를 막 풀려고 하는데 미뉴에트 음악이 자꾸 떠오른다면, 그 사람 역시 훌륭한 수학자가 되지 못할 것이다.

어떤 일이든 한 번에 한 가지씩만 하면 시간은 늘 충분하고, 여러가지 일을 할 수 있다. 하지만 한 번에 두 가지 일을 하려고 하면 일년이 가도 시간이 모자랄 것이다.

법률 고문이었던 고(故) 위트 경에게는 나랏일을 하면서도 일을 마치고 난 후에도 밤에 열리는 모임에 얼굴을 내밀 만한 여유로움이 있었다. 어느 날 누군가가 그렇게 많은 일을 하면서 어떻게 밤마다 놀이에 참석할 여유가 있는지, 어떻게 시간을 짜는지 물어봤더니 위트 경은 이렇게 대답했다고 한다.

"별로 어려울 건 없습니다. 한 번에 한 가지 일을 하고, 또 오늘 할 수 있는 일은 결코 내일로 미루지 않을 뿐이죠."

다른 일에 신경을 분산하지 않고 한 가지 일에 확실하게 집중할 수 있는 위트 경의 능력은 정말 대단하다고 생각된다. 그런 일이 가능하다는 것이 그가 천재라는 증거가 아니겠느냐? 반대로 침착하지 못하고 붕 떠서 집중하지 못하는 것은 모자란 사람이라는 증거다.

매일 오늘 한 일은 무엇이었다고 말할 수 있어야 한다

세상에는 하루 종일 바쁘게 보냈는데도 자기 전에 생각해보면 제대로 해놓은 게 아무것도 없다는 사람이 많다. 이런 사람들은 두어 시간 책을 읽어도 눈이 글자를 좇아갈 뿐, 내용이 머릿속에 안 들어오는 경우가 많다. 따라서 나중에 무엇을 읽었는지 생각해봐도 아무 생각이 안 나고, 내용에 대해 논할 수도 없다.

사람과 만나서 얘기를 나눌 때도 마찬가지로 적극적으로 대화에 끼려고 하지 않는다. 얘기를 하고 있는 상대에 주의를 기울이지도 않을뿐더러 대화의 내용을 제대로 파악하지도 못한다. 그들은 그 자리에 관계없는 일, 쓸데없는 일을 생각하고 있는 게 분명하다. 아니, 아예 아무것도 생각하지 않는다고 하는 편이 나을지도 모른다.

그리고 그들은 "아니, 지금 잠깐 깜빡해서……"라든가 "다른 일에 정신을 빼앗겨서……"라며 얼버무리는 태도를 보인다. 이런 사람은 극장에 가더라도 정작 공연은 보지 않고 함께 간 사람들이나 조명에만 눈을 빼앗기고 만다.

너는 그런 일이 없도록 해라. 다른 사람과 만나고 있을 때에도 공부를 하고 있을 때와 마찬가지로 그 사람에게 집중해야 한다. 공부를 할 때는 읽고 있는 것에 주의를 집중해서 그 내용에 빠져 들고, 다른 사람을 만나고 있을 때에는 보는 것, 듣는 것에 모두 주의를 기울여야 한다. 이것은 매우 중요한 일이다.

어리석은 자들이 흔히 말하듯이 자기 눈앞에서 말한 것, 일어난 일에 대해 "다른 생각을 하느라 몰랐다"라고 해서는 안 된다. 왜 다른 생각을 하고 있었을까, 다른 생각을 할 것이었다면 왜 왔을까, 올 필요도 없지 않았을까? 결국 그런 사람은 '다른 일' 따위는 생각하지 않았던 것이다. 머릿속이 텅 비어 있었을 뿐이다.

그런 사람은 놀이에도 집중하지 못하고 일에도 집중하지 못한다. 정신이 산만해서 일을 할 수 없을 때엔 차라리 노는 것이 나을 텐데, 그것도 제대로 하지 못한다. 놀고 있어도 마음이 편하지 않다면 일을 하면 좋겠지만 그것도 하지 않는다. 그런 사람은 놀이 친구들과 함께 있으면 자기도 놀고 있다고 착각하고, 끝내야 하는 일이 있으면 그것만으로도 자신이 일을 하고 있다고 착각을 하는 것이다. 무슨 일이든 일단 시작한 이상 열심히 해야 한다. 어중간하게 할 거라면 차라리 안 하는 편이 낫다.

중요한 것은 자신이 하고 있는 일에 집중하는 것이다. 모든 일은 할 만한 가치가 있느냐, 없느냐 둘 중 하나다. 중간이란 없다. 그러니 일단 하기로 마음먹었으면 상대가 누가 되었든 눈과 귀를 집중하는 것을 잊지 않았으면 좋겠다. 들은 말은 한 마디도 놓치지 말고, 눈앞에서 일어난 일은 하나도 남기지 말고 똑똑히 보는 자세가 중요한 것이다.

아무튼 호라티우스를 읽고 있을 때에는 그 내용이 옳은 것인지를 생각하면서 읽고, 그 뛰어난 화술이나 시의 아름다움을 만끽하도록 해라. 결코 다른 작품을 생각해서는 안 된다. 그런 책을 읽고 있을 때 연인을 생각한다거나, 연인과 대화하고 있을 때 책에 대해서 생각하는 것은 금물이다.

5 돈은 제대로
알고 써라

    너도 이제 어른 축에 낄 때가 됐다. 마침 좋은 기회니까 앞으로 네게 돈을 어떻게 보내줄 계획인지를 설명해주겠다. 그렇게 하면 너도 그것에 맞춰 계획을 세우기 쉬울 테니까.

    나는 공부에 필요한 비용이나 사람을 사귀는 데 필요한 돈은 한 푼도 아깝지 않다. 공부에 필요한 비용이란 책을 사고, 능력 있는 선생님에게서 배우는 데 드는 돈을 말한다. 그 속에는 여행지에서 훌륭한 사람과 사귀기 위한 비용, 예를 들어 숙박비, 교통비, 의복비 등이 포함되겠지.

    사람과 사귀는 데 필요한 비용이란 물론 지적인 교제에 필요한 것을 의미한다. 예를 들어 불쌍한 사람들을 위한 자선 비용(이런 명목으로 갈취당해서는 안 되지만)이 그것이지. 또 신세 진 사람들에 대한 보답, 앞으로 신세 질 사람들을 위한 선물에 드는 비용도 마찬가지다. 혹은 사귀는 상대에 맞춰 필요한 비용, 예를 들어 뭘 보러 갈 때의 비용이나 놀이에 드는 비용, 사격 등 게임에 드는 비용, 기타 비상금 등도 필요할 것이다.

내가 절대로 내줄 수 없는 돈은 쓸데없는 싸움으로 필요해진 돈이나 나태한 시간을 보내기 위한 돈이다. 현자는 자신의 명예를 해칠 만한 일, 자신에게 도움이 되지 않는 일에는 돈을 쓰지 않는다. 그런 일에 돈을 쓰는 것은 오직 어리석은 자뿐이다. 현자는 돈도 시간과 마찬가지로 낭비하지 않는다. 단돈 십 원도, 단 일 분도 헛되게 쓰지 않는다. 그들은 자신과 사람들을 위해 도움이 되는 것, 지적인 기쁨을 얻을 수 있는 일에 돈을 쓴다.

그런데 어리석은 사람은 다르다. 어리석은 사람은 필요하지도 않은 것에 돈을 쓰고, 꼭 필요한 것에는 돈을 쓰지 않는다. 예를 들어 가게에 진열된 쓰레기들이 그것이다. 어리석은 자는 코담배 갑이라든가 사치스러운 시계, 지팡이 손잡이 등 쓸데없는 것들의 마력에 빠져 결국 파멸의 길을 걷게 된다. 가게 주인이나 점원은 모두 한통속이 되어 어리석은 사람을 속이려 들기 때문에, 정신을 차렸을 땐 이미 주위에 쓰레기들만 가득하고, 우리에게 안식을 주는 진짜 필요한 것들은 사라지고 만다.

돈이 많지 않아도 금전 철학이 있으면 된다

돈이라고 하는 것은 아무리 많아도 금전 철학을 갖고 세심한 주의를 기울여 사용하지 않으면 최소한 필요한 것조차도 살 수 없게 된다. 반면 돈이 조금밖에 없더라도 자기 나름대로의 금전 철학을 가지고 아껴서 사용하면 필요한 것은 충분히 얻을 수 있다.

돈을 지불할 때에는 가능한 현금으로 지불하는 것이 좋다. 그것도 하인을 통해서가 아니라, 본인이 직접 지불하는 것이 좋다. 하인들은 수수료나 사례비 같은 것을 요구하기 마련이다. 어쩌다 외상이 불가피한 경우(술집이나 양복점 등에서)라면 반드시 본인이 직접 갚는 것이 좋다.

필요하지도 않은데 싸다는 이유만으로 물건을 사지는 마라. 그것은 아끼는 게 아니라 낭비하는 것이다. 그리고 역시 필요하지도 않은데 비싸다는 이유로, 즉 자존심을 만족시키기 위해서 물건을 구입하는 것은 좋지 않다.

자기가 산 것, 지불한 대금은 반드시 노트에 기록하도록 해라. 돈이 들어오고 나가는 것을 파악하고 있으면 적어도 거덜 날 일은 없을 테니까. 그렇지만 교통비나 오페라를 보러 가서 사용한 백 원, 이백 원까지 기록하라는 것은 아니다. 그건 시간 낭비일 뿐 잉크 값만 아깝다. 그렇게 세세한 것은 할 일 없는 수전노에게나 맡겨두어라. 이것은 금전에 관련된 것뿐만 아니라 모든 일에 적용되는 것인데,

관심을 가질 만한 가치가 있는 것에만 관심을 가지는 것이 중요하지 쓸데없는 데까지 관심을 가질 필요는 없다.

정말 중요한 것은 손 닿는 곳에 있다

일반적으로 현명한 사람은 사물을 실물 크기로 파악할 수 있지만, 우매한 자는 그것을 할 수 없다. 마치 현미경으로 들여다보는 것처럼 뭐든지 크게 본다. 따라서 벼룩을 코끼리로 오인하기도 한다. 작은 것이 크게 보이는 것뿐이라면 그래도 괜찮다. 그러나 최악의 경우는 큰 것이 너무 확대되다 못해 안 보이게 되어버리는 일이다.

사소한 돈을 아끼고, 그것 때문에 다투는 사람이 그런 경우다. 그런 사람은 그것 때문에 자신이 수전노라고 불린다는 사실을 깨닫지 못한다. 게다가 자기 자신에 대해서도 부당한 일을 한다. 수입 이상의 생활을 원하다가 자기 손이 닿는 범위 내에 있는 중요한 것을 못 보고 지나치는 것이다.

무슨 일에나 분수라는 게 있다. 건전하고 강인한 영혼을 지닌 사람은 어디까지가 손이 닿는 범위고, 또 어디부터 손이 닿지 않는 범위인지 알고 있다. 그런데 그 경계선이란 아주 가늘어서, 분별 있는 사람도 마음을 다잡고 찾아야 겨우 보이는 정도니 천박한 사람의 눈에는 잘 보이지 않는다.

네게도 자기 손이 닿는 범위와 닿지 않는 범위를 구별할 만한 분별력은 있을 것이다. 경계선에 항상 유의하도록 해라. 그리고 그 위를 잘 걸어갔으면 한다. 혼자서 걸을 수 있게 되기까지 하트 씨에게 궤도 수정을 해달라고 부탁하면 될 것이다. 진짜 줄타기를 잘하는 사람은 있어도 경계선이라는 이름의 선 위를 잘 건널 수 있는 사람은 흔치 않다. 그만큼 그것을 잘하는 사람은 빛나게 되는 것이다.

4장

책이 스승이다

1 젊었을 때 역사에 흥미를
갖는 것이 왜 중요한가

프랑스의 발자취에 대한 네 고찰은 실로 적절한 것이더구나. 무엇보다 기뻤던 것은 네가 책을 읽을 때 단순히 내용을 파악하는 데 그치는 것이 아니라, 내용에 대해 깊이 생각한다는 것이었다.

책을 읽어도 스스로 판단하려 하지 않고, 써 있는 것을 그대로 머릿속에 쑤셔 넣기만 하는 사람도 많다. 하지만 그래서는 정보가 마구잡이로 쌓여 머릿속이 온통 쓰레기장처럼 잡다해질 뿐, 잘 정돈된 방처럼 필요한 것을 필요한 때에 즉시 꺼낼 수가 없다.

너는 계속 그런 자세를 유지하기 바란다. 작가 이름만 보고 내용을 아무 비판 없이 그대로 받아들이는 것이 아니라, 그 내용이 얼마나 정확한지, 저자의 고찰이 얼마나 올바른지 분명하게 파악해주길 바란다.

하나의 역사적 사실을 알고자 한다면 여러 책에서 조사해보고 그것에서 얻어진 정보를 종합해서 하나의 독립된 의견을 갖는 것이 좋다. 거기까지가 역사라는 학문에 대해 손이 닿는 범위라고 나는 생각한다. 아쉽게도 역사적 진실을 정확하게 규명하기란 어려운 일이다.

영웅 카이사르가 살해된 진짜 이유

역사책을 읽다 보면 역사적 사건의 동기나 원인이 쓰여 있는 경우가 있는데, 그것을 있는 그대로 믿어서는 안 된다. 그 사건과 관련된 인물의 생각이나 이해관계를 고려한 후 저자의 고찰이 과연 올바른 것인지, 그 밖의 가능성은 없는지 스스로 생각해보도록 해라.

그때 비굴한 동기든 사소한 동기든 배제해서는 안 된다. 왜냐하면 인간은 복잡한 모순투성이 생명체이기 때문이다.

감정의 변화가 심하고, 의지가 약하며, 마음은 건강 상태에 따라 달라진다. 즉, 사람은 일관되지 않고 그날그날 변하기 마련이다. 아무리 훌륭한 사람이라 해도 어딘가에 시시한 구석이 있고, 아무리 시시한 사람이라 해도 뛰어난 점이 있다. 필요 없는 사람이라도 어딘가 장점이 있고, 돌연 훌륭한 행동을 하는 일도 있다. 인간이란 바로 그런 존재다.

우리는 역사적 사건의 원인을 규명할 때 보다 더 고상한 동기를 찾으려고 한다. 하지만 그것들의 진짜 원인은 다른 데 있는 경우가 많다. 예를 들어 루터의 종교개혁만 해도 루터의 금전욕이 꺾인 것이 진짜 이유였으니 말이다. 머리만 큰 역사학자들은 역사적인 대사건뿐만 아니라 평범한 사건까지도 심오한 정치적 동기를 끼워 맞추곤 한다. 늘 그 정도가 지나치기 일쑤다.

인간은 모든 면에서 모순 덩어리다. 언제나 동기에 의해 행동이 좌우되지는 않는다. 현명한 사람이 바보스러운 짓을 하는 경우도 있고, 바보 같은 사람이 현명한 일을 하는 경우도 있다. 또한 인간은 모순된 감정을 가지고 있기 마련이고 그것은 자주 변한다. 그날의 건강 상태, 정신 상태에 따라 변하기도 하는 것이 바로 우리 인간이다. 그럼에도 불구하고 가장 그럴 듯한 동기라서, 설명하기 좋은 동기라서 고상한 것만을 가져다 붙이는 것은 잘못된 생각이다.

소화가 잘되는 음식을 먹고, 숙면을 취하고, 맑게 갠 아침을 맞는 것만으로도 영웅적인 행동을 하는 남자가 소화가 잘 안 되는 음식을 먹고, 잠도 제대로 못 자고, 게다가 다음 날 아침에 일어나 보니 비가 내리더라는 것만으로도 너무나도 쉽게 겁쟁이로 변해버리고 말 수도 있기 때문이다.

그러므로 인간의 행위에 대한 대부분의 이유는 아무리 규명을 하려고 해도 억측의 영역을 뛰어넘기가 어렵다. 기껏해야 이러이러한 사건이 있었다는 정도만이 우리가 알 수 있는 것이며 알고 있다고 생각하는 것이다.

카이사르는 스물세 명의 음모로 살해되었다. 이는 의심할 여지가 없다. 그러나 이 스물세 명의 음모자가 과연 진정으로 자유를 사랑하고 로마를 사랑했기 때문에 카이사르를 살해했을까 하는 문제에 이르면, 우리는 쉽게 그렇다고 대답할 수 없다. 과연 그것만이 이유였을까? 적어도 그것이 주된 이유였다고 할 수 있을까?

만약 진상이 규명된다면, 사건의 주모자인 브루투스(역주―로마 공화정 말기의 정치가)조차도 어쩌면 자존심이나 질투, 원망, 실망 등 다른 여러 가지 사적인 동기가 원인이거나, 아니면 그런 동기들이 조금은 원인으로 작용되었다고 할 수 있지 않을까?

진실이라고 생각한 것을 다시 한 번 의심해라

회의적이라는 의미에서 보면 역사적 사실 그 자체조차 의심스러울 때가 종종 있다. 적어도 그 사실로 연결되는 배경에 관해서는 대부분 의심할 만하다. 날마다 자기 자신이 경험하는 일을 생각해봐라. 역사라고 하는 것이 얼마나 신빙성이 낮은 것인지 쉽게 알 수 있을 것이다.

예를 들어 최근에 일어난 사건에 대해 몇 명이 증언을 할 때, 그들이 말하는 것이 완전히 똑같을까? 그렇지 않다. 잘못 생각하고 있는 사람도 있을 것이고, 증언을 할 때 뉘앙스가 달라지는 사람도 있을 것이다. 자기 의견에 맞는 증언을 하는 사람이 있는가 하면, 마음이 변해서 사실을 왜곡해서 말하는 사람도 있을 것이다. 또 서기가 들은 그대로 쓴다는 보장도 없다.

그런 의미에서 역사학자들의 의견이 과연 얼마나 공정하고 신빙성 있는 내용인지 의심하지 않을 수 없다. 지론을 펼치고 싶은 것인지도 모르고, 빨리 그 장을 끝내고 싶은 것인지도 모른다(재미있는 것은 프랑스 역사책에는 각 장의 첫머리에 "이것은 사실이다"라는 말이 반드시 붙어 있다는 것이다).

그러므로 역사학자의 이름만 보고 모든 것이 다 맞는 것이라고 생각하지 않았으면 좋겠다. 무엇보다 스스로 분석하고, 스스로 판단하는 것이 중요하다. 그렇다고 해서 역사 따윈 공부할 필요가 없다는 말이 아니다. 누구나 인정하는 역사적 사실은 분명 존재하며, 그것은 남의 입에 오르내리기도, 책에서 다루어지기도 한다. 그런 것은 알아두는 것이 좋다.

예를 들어 카이사르의 망령이 브루투스 앞에 나타났다고 여기저기에 써놓은 학자들이 있는데 난 그런 이야기는 전혀 믿지 않는다. 하지만 그런 것이 화제에 올랐다는 것을 모른다면 그건 창피한 일이다.

그 외에 아무도 믿지 않는데도 불구하고 역사학자가 그렇게 썼다는 이유만으로 화제가 되고, 책으로 쓰이는 일도 있다. 그렇게 해서 정착된 것이 이교도 신학이다. 주피터, 마르스, 아폴로 등 고대 그리스의 신들도 그렇다. 우리는 만일 그들이 실존했다고 하더라도 보통 인간이었으리라고 생각한다.

역사에 대해 아무리 회의적이라도 상식적인 것은 알아두는 것이 좋다. 아니, 오히려 역사는 인간이 살아가는 데 있어서 무엇보다 중요하다.

현재를 과거의 시각으로 보지 마라

과거에 그랬으니까 현재도 그렇다고 단정하는 것은 매우 위험한 생각이다. 과거의 예를 인용해서 현재의 문제를 검토하는 것은 좋지만, 그럴 때 신중해야 한다.

과거에 일어났던 일의 진상 같은 건 아무리 발버둥쳐도 알 수가 없고, 기껏해야 억측에 불과하다. 무엇이 원인인지 알아낼 도리가 없다. 무엇보다도 과거의 증언은 현재의 증언에 비해 훨씬 애매하다. 게다가 시대를 거슬러 올라가면 갈수록 신빙성도 훨씬 떨어진다.

위대한 학자 중에는 공사(公私)를 불문하고 비슷하다는 이유만으로 과거의 사건을 끄집어내기를 좋아하는 사람이 있는데 그건 어리석은 일이다. 그들은 생각한 적도 없겠지만, 천지창조 이래로 이 세상에 똑같은 일은 한 번도 일어나지 않았다. 게다가 그 어떤 역사가일지라도 사건의 전모를 기록한 사람은 없을 테고(전모를 파악하고 있는 사람조차 없을 것이다), 그러므로 그것을 바탕으로 한 논의는 무의미하다고 할 수 있다.

"옛 역사학자들이 이렇게 썼으니까, 시인이 이렇게 썼으니까"라는 이유만으로 그것을 예로 들어서는 안 된다. 사건은 하나하나가 모두 다른 것이니까 따로 논해야 한다. 비슷하다고 생각되는 예를 참고로 삼고 싶다면 상관없지만, 어디까지나 참고로 끝나야지 그것을 판단의 기준으로 삼아서는 안 된다.

여러 가지 말을 했지만, 과거의 역사를 공부하는 것은 정말 중요하다. 그러니 신용할 만한 역사학자의 책을 읽고 공부하도록 해라. 그것이 올바른 것이든 잘못된 것이든 일단 지식으로 알고 있는 것이 중요하다.

말이 나온 김에 역사를 공부하는 방법에 대해서 묻고 싶은데, 너는 어떤 식으로 공부하고 있느냐? 시간과 노력을 절약하기 위해 역사적 사건을 중심으로 공부하고 나머지 것들은 훑어보기만 하는 융통성 있는 사람이 있는가 하면, 어느 것에나 똑같은 노력을 들여, 사소한 것 하나까지 외우는 사람도 있다.

하지만 나는 다른 방법을 권하고 싶구나. 우선 나라별로 간단한 역사책을 읽고, 대략적인 개요를 파악해라. 그와 병행해서 특히 중요한 요점, 예를 들어 어디를 정복했다든가, 왕이 바뀌었다든가, 정치 형태가 바뀌었다는 등 중요하다고 생각되는 것을 발췌해라. 발췌한 사건을 상세하게 적어놓은 논문이나 서적을 읽고 철저하게 공부하는 것도 큰 도움이 된다. 이때 너 스스로가 깊이 통찰하는 것이 중요하다. 원인을 찾고, 그것이 어떻게 작용했는가를 생각하는 것이 중요하다는 것이다.

2 독서 습관이
인생을 좌우한다

세상은 한 권의 책과도 같다. 그리고 지금 네가 가까이 했으면 하는 것도 바로 그 책이다. 세상에서 얻게 될 지식은 지금까지 출판된 책 모두를 합친 것보다 훨씬 더 방대하고 깊다. 그러니 훌륭한 사람들과의 모임이 있을 때에는 아무리 좋은 책이라도 과감히 떼어놓고 나가라. 그것이 몇 배는 더 공부가 될 것이다.

하지만 일과 오락의 떠들썩함 속에서 살아가는 우리도 하루 중 잠시 숨 돌릴 만한 시간은 있기 마련이다. 그리고 그런 시간에 책을 읽는 것이야말로 더할 나위 없는 안식이자 기쁨이라고 할 수 있다.

그런 아주 짧은 시간(짧은 시간일 수밖에 없을 테고, 또 그렇지 않으면 곤란하겠지)을 활용해서 충실하게 책을 읽으려면 어떻게 해야 할 것인가에 대해 몇 가지 요약을 해보겠다.

우선, 쓸모없는 지루한 책에 시간을 허비하는 짓은 그만둬라. 그런 책 중에는 달리 쓸 것이 없는 태만한 저자가, 마찬가지로 태만하고 무지한 독자를 노리고 쓴 것이 주위에 널려 있을 정도로 많다. 이런 책은 독도 약도 되지 못하니 아예 가까이 하지 않는 것이 상책이다.

절대적인 효과를 낳는 하루 삼십 분 독서법

책을 읽을 때에는 목적을 하나로 정하고, 그 목적을 달성하기까지는 다른 것에 관계된 책에 손을 대지 말아야 한다. 네 장래를 생각한다면, 예를 들어 현대사 중에서도 특히 중요하고 흥미를 끄는 시대를 몇 개 골라 그것을 순서대로 알아가는 것은 어떨까?

우선, 베스트팔렌조약에 초점을 맞췄다고 하자(현대사의 시작으로서는 참으로 올바른 선택이라고 말해두고 싶구나). 그렇다면 그것에 관한 책 이외에는 일절 손을 대지 말고 신뢰할 만한 역사책이나 문서, 회고록, 문헌 등을 차례로 읽은 다음 비교해보도록 해라.

이런 종류의 연구에 몇 시간씩 투자하라는 것은 아니다. 또 다른 방법으로 자유로운 시간을 효과적으로 사용할 수 있다면 그것도 좋을 것이다. 하지만 어차피 책을 읽는 것이라면 한 번에 여러 가지 테마를 생각하기보다는 하나에 집중해서 체계적으로 읽는 편이 효과적이라는 생각이 든다.

여러 가지 책을 읽어가는 중에 내용이 상반되거나 모순된다고 여겨지는 경우도 있을 것이다. 그럴 때는 다른 책을 봐라. 그런 것을 가지고 옆길로 빠진다고는 하지 않을 것이다. 그렇게 하면 오히려 기억이 선명해지기 때문이다.

가령 뭔가를 읽고 있어도 머리에 쏙쏙 들어오지 않는 경우가 있다. 하지만 같은 책이라도 정치가들 사이에서 화제가 되었거나 논쟁의 대상이 되고 있을 때, 그 책이나 그와 관련된 책을 읽거나 혹은 사람들로부터 이야기를 들으면, 책만으로는 파악할 수 없었던 사실이 입체적으로 머릿속에 들어오기도 한다. 그렇게 해서 얻은 지식은 의외로 완벽하다. 또 쉽사리 잊히지도 않는다. 사건이 일어난 현장을 찾아가서 직접 이야기를 들어보는 것도 그런 의미에서 좋은 일이라고 할 수 있다.

사회인이 된 후의 독서법에 대해 내가 말하고 싶은 것을 다음 몇 가지 항목으로 요약해보겠다.

(1) 사회에 첫발을 내디딘 지금, 이것저것 여러 가지 책을 읽을 여유는 없다. 그보다 여러 사람과 대화를 해서 정보를 수집하는 편이 낫다.

(2) 무익한 책은 그만 읽어라.

(3) 한 가지 테마에 집중해서 그것과 관련된 책을 읽어라.

이상의 내용을 지킨다면 하루 삼십 분만 책을 읽어도 충분할 것이다.

3 눈과 귀와 발로 얻은
지식이야말로 진짜 지식이다

　　만약 이 편지가 네게 무사히 간다면 아마 너는 베네치아에서 로마로 갈 준비를 하고 있겠지? 하트 씨에게 지난번 편지에서 부탁한 대로 로마까지는 아드리아 해를 따라 리미니, 로레토, 안코나를 경유해서 가면 좋을 것이다. 어느 곳이든 들러볼 만한 가치가 있는 곳이니까. 하지만 오래 머물 것까지는 없다. 가서 보는 것만으로도 충분하다.

　　그 주변은 고대 로마의 유물이나 유명한 건축물, 회화, 조각 같은 것이 많아서 그 어느 것도 놓칠 수 없는 것들이니 눈여겨보고 오너라. 겉으로 보기만 하면 되니까 시간은 그리 오래 걸리지 않을 것이다. 그러나 내면까지 봐야 하는 것은 또 다르다. 좀 더 많은 시간과 주의력이 필요하다.

　　젊은 사람들은 경박하고 주의가 산만하기 때문에 무슨 일에든 무관심하고, 보아도 보이지 않고, 들어도 들리지 않는 경우가 많다고 하더라. 수박 겉 핥기 식이라면 차라리 보지도 듣지도 않는 편이 낫다.

그런 점에서 네가 보내준 여행기를 읽어보니 너는 여행을 하면서 잘 관찰하고, 여러 가지 의문을 갖고 있는 것 같더구나. 그것이야말로 여행의 진정한 목적이라 말할 수 있다.

여행을 하더라도 목적지만 전전하며 다음 목적지까지 얼마나 떨어져 있나, 숙소는 어디인가 하는 것에만 신경을 쓰는 사람은 여행에서 아무것도 얻지 못한 채 돌아올 것이다. 가는 곳마다 교회의 첨탑이나 시계, 호화로운 저택을 보고 좋아할 뿐이라면 아무런 의미가 없다. 그럴 거라면 아무 데도 가지 말고 집에 있는 편이 낫다.

그런데 어디를 가더라도 그 지역의 정세나 다른 지역과의 역학 관계, 약점, 교역, 특산물, 정치 형태, 헌법 등을 잘 관찰하고 오는 사람이 있다. 또 그 지역의 훌륭한 사람들과 친분을 돈독히 하고, 그 지역의 독특한 예의범절이나 인간성을 잘 파악하고 오는 사람도 있다. 여행을 통해 성장하는 것은 그런 사람이다. 그리고 그런 사람은 여행을 통해 더욱 현명해져서 돌아오기 마련이다.

여행지에서는 호기심을 참지 마라

로마는 인간의 감정이 생생하게 여러 형태로 표현되고, 그것이 보기 좋게 예술로 결집되어 있는 고장이다. 그런 곳은 보기 드물다. 따라서 로마에 머물고 있는 동안에는 교황청이나 바티칸 궁전, 판테온을 보는 것만으로 만족해선 안 된다.

일 분 동안 관광을 할 거라면 열흘 동안 여러 가지 정보를 모아라. 로마제국의 본질, 교황 권력의 성쇠, 궁정의 정책, 추기경의 책략, 교황 선출을 둘러싼 뒷얘기 등 절대적인 권력을 자랑한 로마제국의 내면에 관련된 것이라면 무엇이든 좋다. 한번 고개를 들이밀어 보아라.

어느 지역에나 그 지역의 역사와 현재 상황을 간략하게 소개하는 소책자가 있다. 그것을 먼저 읽어보는 것이 좋다. 부족한 부분도 있겠지만 지침서 정도는 될 수 있을 것이다. 그것을 읽고 좀 더 자세히 알고 싶은 것이 있다면, 그 지방 사람에게 물어봐라. 그래, 모르는 것은 그것에 대해 정통한 사려 깊은 사람에게 물어보는 것이 가장 좋은 방법이다. 아무리 자세히 써 있다고 해도 책에서 완벽한 정보를 얻기란 힘들다.

영국에서도 자국의 상황을 상세히 설명해놓은 책이 여러 권 나와 있을 것이다. 프랑스에도 물론 많이 있다. 하지만 어느 책을 봐도 모든 것을 알기엔 턱없이 부족하다. 그것은 자국의 상황에 정통하지 못한 사람이, 역시 잘 모르는 사람이 쓴 책을 그대로 베껴 썼기 때문이다. 그렇다고 해서 그것이 읽을 만한 가치가 전혀 없다는 것은 아니다. 물론 읽을 만한 가치는 있다. 읽으면 모르는 것을 알 수 있으니까. 그것은 만약 그 책을 읽지 않았더라면 머릿속을 스치지도 않았을 그런 지식이다.

모르는 게 있으면 아주 잠깐이라도 좋으니 그곳 사정에 밝은 사람에게 물어보도록 해라. 만약 군대에 대한 지식을 원한다면 장교에게 물어보면 되겠지. 누구나 자신의 직업에 대해서는 특별한 애정을 갖고 있기 마련이니까 일 얘기를 하는 것을 싫어하진 않을 것이다. 더군다나 자신의 직업과 관련해서 질문을 받으면 흥에 겨워 더 많이 떠드는 경우가 있다. 그러니 어떤 모임에서 군인을 만난다면, 주저하지 말고 여러 가지를 물어봐라. 훈련법, 영내 생활, 의복 배급 방식, 또는 급여, 보직, 검열, 숙소 등 궁금한 것은 뭐든지 물어봐라.

마찬가지로 해군에 대한 정보를 모아도 좋겠다. 지금까지 영국은 프랑스 해군과 항상 밀접한 관계를 맺어왔고 앞으로도 그럴 것이다. 알아둬서 손해 볼 것은 없다.

외국의 정보에 대해 알아둔 것이 영국에 돌아왔을 때 얼마나 너를 돋보이게 하고, 또 실제로 외국과 협상을 할 때 얼마나 도움을 줄 것인가를 생각해봐라. 아마 상상 이상일 것이다. 실제로 이 분야에 정통한 사람은 지금 거의 없다. 미개척 분야인 것이다.

4 외국에 가면 이것만큼은 꼭 배워 와라

    하트 씨의 편지에는 언제나 너를 칭찬하는 말이 있는데, 이번 편지에는 특히 기쁜 소식이 있더구나. 로마에 있을 때 너는 기존의 이탈리아인 사회에 융화되기 위해 항상 노력하고, 영국 부인들의 제의로 결성된 영국인 집단에 끼려고 하지 않았다지? 그것은 내가 왜 너를 외국에 보냈는지, 그 뜻을 잘 판단한 분별 있는 행동이다. 무척 기쁘구나.

    여러 나라 사람을 아는 것은 한 나라 사람들에게서보다 훨씬 더 많은 것을 배울 수 있다. 그런 분별 있는 행동은 다른 나라에 가서도 잊지 말도록 해라. 특히 파리에는 삼십 명 정도가 아니라 삼백 명 이상의 영국인이 집단을 이루고 프랑스인들과 대화하기를 꺼리면서 자기들끼리 생활하고 있다.

    파리에 머물고 있는 영국 귀족들의 생활은 대개 엇비슷하다. 우선 아침 늦게까지 자리에서 일어나지 않다가, 일어나면 곧 아침 식사를 하는데 그것도 친한 사람들끼리만 먹는다. 이것만으로 벌써 오전에 두 시간 정도를 낭비하는 셈이다. 식사가 끝나면 마차가 터질 정도로 가득 타고 궁정이나 노트르담 사원으로 향한다. 그 다음엔 커피 하우스에 가고, 그곳에선 저녁 식사를 겸비한 즉석 파티가 시작된다. 저녁 식사 후에는 술이 적당히 오른 상태로 극장에 가서, 모양은 조잡하지만 원단은 최고급인 옷을 입고 무대 앞자리에 진을 친다. 연극이 끝나면 일동은 다시 전에 갔던 술집으로 돌아가 이번엔 퍼붓듯이 술을 마시고는 친구들끼리 사소한 말다툼을 벌이거나 거리로 나가 싸움을 하기도 한다. 그리고 결국에는 경찰서 신세를 지고 만다.

이런 생활을 반복해서는 그렇지 않아도 못 하는 프랑스어가 귀에 들어올 리 없다. 그런 식이기 때문에 귀국해서도 원래 지녔던 급한 성미만 더 심해질 뿐, 새로운 지식이 늘어날 리 만무하다. 그래도 외국에 갔다 왔다는 것을 자랑하고 싶은 마음만은 있어서 보란 듯이 프랑스어로 떠들어대고, 프랑스식으로 옷을 입고 하지만 모든 게 묘하게 틀어진다. 이래서는 모처럼의 해외 생활도 다 물거품이 되고 만다. 그렇게 되지 않도록 프랑스에 머무는 동안에는 프랑스인들과 사이좋게 지내는 것이 좋다. 노신사는 좋은 본보기가 될 것이고, 젊은이들과는 함께 어울려 노는 것이 좋다.

이방인의 껍데기를 벗어던지면 진짜 얼굴이 보인다

그렇다고는 하지만 불과 일주일이나 열흘 동안, 마치 철새처럼 잠깐 머무는 것만으로는 즐기기는커녕 상대와 친해지기 어렵다. 받아들이는 쪽도 그렇게 짧은 시간에 친구가 되는 것에는 소극적일 테니까. 또 그쪽에서 얽히는 것을 원하지 않는다 해도 그를 탓할 수는 없다.

하지만 몇 개월씩 머물게 되면 이야기는 달라진다. 토박이들과 어울릴 시간이 충분히 있으니, 자연히 외부인이라는 인식이 사라진다. 이것이 여행의 진정한 즐거움이 아닐까? 어딜 가더라도 그곳 사람들과 격의 없이 어울리고, 그곳 사회에 융화되어, 그곳 사람들의 평소 모습을 접해야 한다. 그것이야말로 그 지역의 관습을 알고, 예의범절을 익히고, 다른 지역에는 없는 그 나라만의 전통을 알 수 있는 유일한 방법이라 생각한다. 그건 불과 삼십 분 만에 이뤄지는 틀에 박힌 공식 방문으로는 얻을 수 없는 것이다.

전 세계 어딜 가나 인간이 지닌 성질은 똑같다. 다만 다른 게 있다면 그것을 표현하는 방법이다. 그것은 지역에 따라, 환경에 따라 다른 형태로 나타난다. 우리는 그런 여러 가지 다양한 형태를 하나씩 접해가야 한다.

예를 들어 '야심'이라는 감정은 누구나 지니고 있는 것이다. 하지만 그것을 만족시키는 수단은 교육이나 풍습에 따라 다르다. 예를 행하는 마음도 기본적으로는 누구나가 가지고 있는 감정이다. 하지만 그 마음을 어떻게 나타낼 것인가 하는 문제에 이르면, 어디나 다 같을 수는 없다.

영국 국왕에게 허리를 굽혀 절하는 것은 경의를 표하는 것이지만, 프랑스 국왕에게 허리를 굽혀 절하는 것은 실례되는 일이다. 황제에게는 경의를 표하는 뜻으로 허리를 굽혀 절을 하는 것이 원칙이지만, 전제군주 앞에서는 바닥에 엎드려 절을 해야만 하는 나라도 있다. 이렇게 예의범절은 나라마다, 시대마다, 사람마다 다 다르다.

그러면 그 예의범절이란 것이 어떻게 해서 생겨났느냐 하면, 어떤 일을 계기로 즉흥적으로 생겨나 이어져 내려왔다고밖에 할 수 없다. 아무리 똑똑한 사람, 분별력을 가진 사람이라도 각 지방 특유의 예의범절을 다 알 수는 없다. 그것이 가능한 사람은 실제로 그곳에 가서 눈으로 보고 직접 체험한, 실제 그 사회를 잘 알고 있는 사람뿐이다.

예의범절은 이성이나 분별로는 설명할 수 없는, 우연히 만들어진 것이라는 것을 부정할 수 없다. 하지만 그것이 그곳에 존재하는 한, 순순히 따라야 한다. 왕이나 황제에 대한 예의만을 말하는 것이 아니다. 여러 계급 속에 관습과도 같은 것이 있다. 그들의 관습에 따르는 것 또한 예절을 지키는 한 방법이다.

예를 들어 사람들의 건강을 위하여 건배를 하는, 좀 바보 같지만 어디에서나 흔히 볼 수 있는 관습이 있다. 내가 한 잔 가득 와인을 마시는 것과 남의 건강과 대체 무슨 상관이 있단 말인가? 상식적으로는 생각할 수 없는 일이다. 그러나 그 관습에 따르는 편이 좋다.

양식은 사람에게 예의 바르게 행동하고, 남의 기분을 좋게 해주라고 명령한다. 하지만 때와 장소, 사람에 따라 어떻게 예를 다할 것인가는 실제로 눈으로 보고, 몸으로 익히지 않는 한은 알 수가 없다. 그것은 아까 말한 바와 같다. 그것을 배워 오는 것이야말로 뜻깊은 여행이 되는 길이 아닐까?

적응력은 최고의 재산이다

분별 있는 사람은 어딜 가나 그 지역의 풍습을 배우고 그것에 따르려고 노력한다. 전 세계 어디를 가더라도 그건 필요한 것이다. 도덕적으로 문제가 없는 한, 무엇이든지 따르는 것이 좋다. 그럴 때 가장 도움이 되는 것이 바로 적응력이다. 그것은 순간적으로 그 자리에 어울리는 태도를 정할 수 있는 힘이다. 진지한 사람에게는 진지한 얼굴로 대하고, 명랑한 사람에게는 밝은 태도를 보여주고, 재미없는 사람은 적당히 상대해주는, 그런 능력을 익히도록 노력하기 바란다.

여러 지역을 방문하고 제대로 된 사람들과 사귀면서 너는 잠시 그 지역 사람이 되어보는 것이다. 그때에 너는 더는 영국인이 아니다.

프랑스인도 아니고, 이탈리아인도 아니지. 그야말로 진짜 유럽인이 되는 것이다. 여러 지역의 좋은 풍습을 겸허하게 받아들여 파리에서는 프랑스인, 로마에서는 이탈리아인, 그리고 런던에서는 영국인이 되는 것이다.

그런데 너는 이탈리아어에 자신이 없는 것 같더구나. 하지만 프랑스 귀족들을 봐라. 그들은 스스로는 깨닫지 못하지만 훌륭하게 문장을 엮어가고 있다. 마찬가지로 너 또한 스스로는 깨닫지 못하고 있지만, 이탈리아어를 썩 잘 이해하고 있다. 무엇보다 너만큼 프랑스어와 라틴어를 잘한다면 이탈리아어의 절반은 아는 것이나 다름없다. 사전 따윈 거의 찾을 필요가 없다. 다만 숙어나 관용구, 미묘한 표현 등은 직접 말해보는 것이 제일 좋다. 상대방의 말을 주의 깊게 들으면 그런 것들은 금세 익힐 수 있다. 그러니까 틀리든 말든 개의치 말고 질문할 수 있을 만큼의 단어와 질문에 대답할 수 있을 만큼의 단어를 외워서, 사람들에게 계속 말을 걸어보도록 해라.

프랑스어로 "안녕하세요"라고 말하는 대신, 갓 배운 이탈리아어로 "안녕하세요"라고 말해보는 것이다. 그러면 상대방은 이탈리아어로 대답해줄 것이다. 그것을 듣고 배우면 된다. 그것을 되풀이하는 동안 너는 어느새 이탈리아어를 잘하고 있다는 사실을 깨닫게 될 것이다. 이탈리아어는 의외로 간단한 언어란다.

여러 가지를 이야기했다만, 너를 해외에 보낸 것도 이런 것들을 몸에 익혔으면 하기 때문이다. 어딜 가더라도 관광만으로 만족하지 말고 그 지역의 내면까지 분명하게 보기를 바란다. 현지인들과 친하게 지내며 관습이나 예의범절을 배우고, 그곳의 언어도 배워라. 그렇게만 한다면 나의 노고도 헛되지 않을 것이다.

뚜렷한 주관을 가져라 5장

1 남의 생각을 좇아 좋고 나쁨을 판단하지 마라

이 편지가 도착할 무렵이면 넌 이미 라이프치히로 돌아와 있겠지. 드레스덴에서 궁정 사회에 첫발을 내디뎠을 때 어떤 인상을 받았느냐? 너는 영리하니까 들뜬 기분은 드레스덴에 남겨두고 라이프치히로 돌아온 후에는 줄곧 공부에 매달렸으리라 믿는다.

만약 궁정이 마음에 든다면, 공부를 해서 지식을 쌓는 것이 남들에게 인정받는 지름길이라는 사실을 명심해라. 지식도 인덕도 없는 궁정인은 사람들이 쳐다보지도 않는다. 불쌍한 인간들이지. 지식과 인덕을 겸비하고 기품과 겸손한 태도를 지닌 사람이 되도록 부단히 노력해라.

궁정은 거짓과 위선 덩어리며, 겉과 속이 다른 세계라고 흔히들 말하지만 과연 그럴까? 난 그렇지 않다고 본다. 큰 소리로 주장하고 싶은데, 원래 일반론이란 것은 들어맞는 일이 거의 없다. 하지만 궁정에도 거짓과 위선이 존재하고, 겉과 속이 다른 부분도 있을 것이다. 그러나 그것은 궁정에만 한한 것이 아니다. 그렇지 않은 곳이 있다면 알려다오.

농부들이 모여 사는 농촌 역시 비슷하지 않을까? 다르다면 행동이 다소 거칠다는 정도겠지. 서로 이웃해 있는 밭을 가진 농부라면 어떻게 하면 옆집보다 더 많은 농작물을 출하할 수 있을 것인가, 이것저것 방법을 궁리해서 그것을 실천에 옮기고 있을 게 분명하다. 어떻게든 대지주의 마음에 들려고 필사적으로 작전을 짜고 있을 것이다. 그것은 궁정 사람들이 왕의 비위를 맞추려는 것과 조금도 다르지 않다.

시골 사람들은 순박하고 거짓이 없는 반면 궁정 사람들은 위선투성이라고 시인들이 아무리 떠들어댄들, 또 단순하고 어리석은 자들이 아무리 그것을 믿는다 한들 진실은 변하지 않는다. 양치기나 궁정 사람들이나 같은 인간인 것이다. 느끼는 것, 생각하는 것은 다 똑같다. 다만 방식이 조금 다를 뿐이다.

일반론을 내세우는 사람과 상대하지 마라

일반론을 인용하거나 믿는 것, 옳다고 인정하는 것에는 좀 신중하길 바란다. 원래 일반론을 거론하는 사람 중에는 자만심이 강하고 잘난 체하는 사람이 많다. 정말로 똑똑한 사람은 그런 것을 인용할 필요가 없다. 잘난 체하는 사람들이 그것을 인용하는 걸 보면, 그런 것에 의지해야만 하는 그들의 빈약한 지식에 비웃음만 나올 뿐이다.

세상에는 이른바 상식이나 직업에 대해서, 여러 가지 일반론이 퍼져 있다. 그중에는 틀린 것도 있고 맞는 것도 있다. 그러나 대개는 자기 생각이 없는 사람이 일반론이라는 낡은 장식품을 달고 눈길을 끌려고 하는 것이다.

나는 그런 사람이 농담조로 일반론을 갖다 대면 일부러 위엄 있는 얼굴을 하고 "아, 그렇습니까? 그래서요?"라며 다음 얘기는 뭐냐는 태도를 취한다. 그러면 자신이 없고, 농담밖에 믿을 구석이 없는 상대는 말을 잇지 못하고 곤란해하며 우물쭈물 얼버무리고 만다.

결국 자기 자신의 확고한 의견을 지닌 사람은 일반론 따위에 의존하지 않고도 말하고자 하는 것을 분명하게 말할 수 있는 것이다. 쓸데없는 일반론을 쳐다보지 않고, 그런 것을 끄집어내지 않더라도 충분히 즐겁고 유익한 화제를 제공할 수 있다. 상대를 지루하게 만드는 일 없이 기지가 넘치는 대화를 할 수 있다는 말이다.

2 다시 한 번 생각해라, 의외의 곳에 정답이 있다

       너도 이제 사물에 대해 차분히 생각할 수 있는 나이라고 생각한다. 같은 또래 청년 중에 그것을 할 수 있는 사람은 아직 적겠지만, 너는 사물을 깊이 생각하는 습관을 기르도록 노력해라. 그리고 진리를 추구하고, 왜곡되지 않은 지식을 습득해라.

  실은 나도 그렇게 한 지 그리 오래되진 않았다(부끄러움을 무릅쓰고 고백한다). 나는 열여섯, 열일곱 살 때까지 스스로 아무 생각도 하지 못했다. 그 후 조금씩 생각을 하게 되었지만 생각한 것을 무언가에 활용하려고 하지 않았다. 단지 읽은 책의 내용을 그대로 받아들이고, 사람들의 말도 옳고 그름을 생각하지도 않은 채 무작정 받아들이기만 했다.

  일부러 시간과 노력을 들여서 진실을 추구하기보다는 틀리더라도 편안한 것이 낫다고 생각했다. 귀찮기도 했고, 놀기에도 무척 바빴으니까. 그리고 상류사회 특유의 사고방식에 대한 반항도 조금은 있었다. 그런 식이었기 때문에 일단 스스로 생각하고자 마음먹으니 놀랍게도 사물을 보는 시각이 조금씩 바뀌더구나. 주어진 생각만으로 사물을 보거나 실체가 없는 곳에 힘이 있다고 착각했던 시기에 비해 사물이 얼마나 질서 정연하게 보이던지.

물론 나는 지금도 남들로부터 받은 사고방식대로 생각하고 있을지도 모르겠다. 오랫동안 다른 사람들의 사고방식이 그대로 자신의 것이 되는 경우도 있으니까. 실제로 어렸을 때 배워서 올바르다고 생각해온 것과, 나중에 자기 힘으로 키운 사고방식을 구별하기 어려워지는 경우도 있다.

독단과 편견에서 벗어나라

나의 첫 편견은(소년 시절의 도깨비나 유령, 악몽 등에 대한 잘못된 견해를 제외하고) 고전에 대한 절대주의였다. 많은 고전을 읽고 선생님들로부터 강의를 받는 동안에 자연히 익히게 된 것인데, 그것에 대한 맹신은 그야말로 대단했다.

나는 지난 천오백 년 동안 이 세상에 양식과 양심은 손톱만큼도 존재하지 않는다고 믿었다. 양식 있는 자나 양심 있는 자는 고대 그리스 로마 제국과 함께 사라져버렸다고 생각했다. 호메로스와 베르길리우스의 작품은 고전이기 때문에 올바른 것이고, 밀턴과 타소는 현대인이기 때문에 볼 게 없다고 생각했다.

하지만 지금은 다르다. 지금은 삼백 년 전 인간이나 지금의 인간이나 모두 마찬가지라는 것을 잘 알고 있다. 그 어느 쪽도 그냥 인간일 뿐, 단지 생활이나 습관에 따라 달라진 것일 뿐 인간의 본성은 예나 지금이나 달라진 게 없다. 동물이나 식물이 천오백 년 전이나 삼백 년 전에 비해 아무런 진보도 없는 것과 마찬가지로 인간도 천오백 년 전, 삼백 년 전에 더 든든하고 용감하고 현명했다는 건 있을 수 없는 일이다.

학자인 체하는 교양인들은 무조건 고전을 신봉하고, 그렇지 않은 자들은 현대적인 것에 열광하는 경우가 많다. 하지만 지금 쓴 것을 종합해서 생각해보면, 현대인이나 고대인이나 장점도 있고 결점도 있는 법이다. 그들은 모두 좋은 일도 하고 나쁜 짓도 할 수 있는 사람이다. 나는 뒤늦게나마 그것을 깨달았다.

고전에 대한 고집도 대단했지만, 종교에 대한 편견 또한 상당했다. 한때 영국국교회 신도가 아니면 이 세상에서 가장 정직한 사람조차도 구원을 받을 수 없다고 진심으로 믿었을 정도다.

당시에는 사람의 생각이나 의견은 그리 간단히 바꿀 수 있는 것이 아니며, 내 의견이 다른 사람의 의견과 다른 것처럼 다른 사람도 내 의견과 다를 수 있다는 것을 깨닫지 못했다. 더구나 설사 의견이 다르더라도 서로 진지하다면 그것으로 충분하고 서로 관대해져야 한다는 것을 나는 몰랐다.

세 번째로 고집했던 것은 전에도 한번 언급했지만, 사교계에서 눈에 띄기 위해서는 잘 노는 사람으로 보여야 한다는 어리석은 생각이었다. 노는 사람으로 보이는 자들이 사교계에서 주목을 받는다는 말에 깊이 생각도 하지 않은 채 그것을 그대로 나의 목표로 삼아버린 것이다. 아니, 그보다는 그것을 자기 목표로 삼는 사람들에게 비웃음거리가 되고 싶지 않다는 마음이 있었는지도 모른다.

하지만 지금은 그런 것이 두렵지 않다(이 정도 나이가 되어서는 당연한 것이겠지만). 본인들은 노는 사람 흉내를 내지만 아무리 박식한 사람일지라도, 그들이 말하는 훌륭한 신사라도 노는 사람으로 보인다는 건 단지 오점에 지나지 않는다. 오히려 본인의 평판을 떨어뜨리는 결과를 가져올 뿐이다. 자신의 결점을 숨기기는커녕 없는 결점을 일부러 만드는 것과 똑같다. 편견이란 새삼 무서운 것이라는 생각이 든다.

그럴 듯하게 보이는 것이야말로 수상한 것이다

그러나 네가 가장 조심해야 할 것은, 잘못되기는 했지만 반드시 거짓이라고는 할 수 없는 사고방식이다. 그런 것은 이해력도 뛰어나고 제대로 된 사고를 가진 자들이 통찰력이 부족하고 때때로 진리를 추구하려는 노력을 게을리 했기에 그대로 방치되어온 것들이다.

예를 들자면 많지만, 그중 하나로 유사 이래 계속 믿어왔던 "전제정치하에서는 진정한 예술도, 과학도 꽃필 수 없다"라는 견해가 있다. 과연 자유가 제한된 곳에서는 재능도 매장되어버리는 것일까? 이 견해는 언뜻 보기에 그럴 듯하게 들리지만 나는 그렇게 생각하지 않는다.

　농업 같은 기술이라면 정치 형태에 따라 소유지나 이익이 보장되지 않을 경우 발전하기가 어려울지도 모른다. 하지만 전제정치가 수학자나 천문학자, 나아가서는 웅변가 등의 재능을 억눌러 버린다는 견해는 옳은 것인가? 아직까지 그런 예는 들어본 적이 없다.

　물론 시인이나 변사가 원하는 주제를 가지고 원하는 대로 표현할 수 있는 자유는 빼앗길지도 모른다. 그러나 정열을 쏟아 부을 대상을 빼앗기는 것은 아니다. 혹시라도 재능이 있다면 그 재능까지 빼앗길 우려는 없다.

　무엇보다 이 생각이 잘못된 것이라는 것을 증명한 것은 프랑스의 작가들이다. 코르네유, 라신, 몰리에르, 부알로, 라퐁텐 등은 아우구스투스(역주-고대 로마의 초대 황제) 시대에 필적하는 루이 14세의 압제하에서 그 재능을 꽃피웠으니 말이다.

　아우구스투스 시대의 뛰어난 작가들이 재능을 발휘할 수 있었던 것은 잔인하고 내세울 것 없는 황제가 로마 시민들의 자유를 구속했기 때문이라는 사실을 떠올려봐라. 또 편지에 대한 인식이 바뀐 것도 자유로운 풍조하에서가 아니라 절대적인 권력을 쥐고 있었던 교황 레오 10세, 그리고 유례없는 독재정치를 펼친 프랑수아 1세의 시대에 장려되고, 보호받았기 때문이다. 부디 오해가 없길 바라는데, 나는 전제정치를 옹호하려고 이런 얘기를 하는 것이 아니다. 독재는 내가 가장 싫어하는 것이다. 압제는 인간의 기본적 권리를 침해하는 범죄적 행위라고 생각한다.

정말 자신의 생각인지를 잘 생각해봐라

얘기가 좀 길어졌지만 자기 머리를 써서 사물을 생각하는 습관을 길러주기 바란다. 먼저 현재 네가 가지고 있는 생각을 하나하나 점검하면서 정말로 자신이 그렇게 생각하는지, 남에게 배운 대로 생각하고 있는 것은 아닌지, 편견이나 오해는 없는지를 생각하는 것부터 시작해라.

편견이 사라지면 스스로 머리를 써서 여러 사람의 의견을 듣고 그것이 맞는지 틀리는지, 틀리다면 어디가 잘못된 것인지를 생각하고 모든 것을 종합해서 자신의 생각을 가져야 한다.

"좀 더 일찍부터 스스로 판단했으면 좋았을걸" 하고 후회하는 일이 없도록, 조금이라도 빨리 시작해라. 하긴 인간의 판단력이라는 것이 언제나 옳은 것은 아니다. 잘못되는 경우도 있을 것이다. 그러나 잘못된 판단은 스스로 생각함으로써 줄어든다는 점에는 변함이 없다. 그것을 보완해주는 것이 책이고, 또 사람들과의 교제다. 그러나 책이든 교제든 너무 맹종해서 곧이곧대로 받아들여서는 안 된다. 그것들은 어디까지나 신이 인간에게 부여한 판단력을 보조해주는 것에 지나지 않는 것이다.

번거로운 일이 많겠지만 그중에서도 특히 많은 사람이 쉽게 생략하고 넘어가려고 하는 이 '생각한다'는 작업만큼은, 앞으로도 부디 소홀히 하지 않길 바란다.

3 자제력이 없는 풍부한 지식은 오히려 독이 될 수 있다

　　아무리 훌륭하고 덕이 있는 행위라도 그에 못지않게 단점이나 부덕함이 있기 마련으로, 자칫 잘못하면 생각지도 않은 오류를 범할 수 있다. 관대함이 지나치면 버릇없음을 조장하게 되고, 조심성이 지나치면 겁쟁이, 절약이 지나치면 구두쇠가 되며, 과도한 용기는 무모함으로 변해버린다.

　　그렇게 생각하면 결점이 없도록, 부도덕한 행위를 하지 않도록 조심하는 것 이상으로 장점이나 덕을 지닌다는 것도 조심스러워야 하는 게 아닌가 싶다. 부도덕한 행위라는 것은 그 자체가 아름다운 것이 못 된다. 따라서 한번 보면 자기도 모르게 외면하게 되고 그 이상 깊이 들어가고 싶은 마음이 들지 않는다(물론 잘 위장되어 있다면 얘기는 다르지만).

　　그런데 도덕적 행위라는 것은 그 자체만으로도 아름답다. 그러므로 처음 볼 때부터 마음을 빼앗기고 보면 볼수록, 알면 알수록 끌리게 된다. 그리고 결국은 스스로 도취되어버리는 것이다(아름다움에 대해서도 늘 그렇듯이).

올바른 판단이 필요한 것은 바로 이때다. 도덕적 행위를 어디까지나 도덕적 행위로 계속하기 위해서는, 그리고 장점이 계속해서 장점으로 남기 위해서는 도취되기 쉬운 자신에게 매질을 하여 거기서 당장 멈춰야 한다. 이런 얘기를 꺼내는 것은 다름 아니라 지식이 풍부하다는 장점을 가진 자들이 빠지기 쉬운 함정에 대해 말하고 싶기 때문이다.

지식이 풍부하다는 것도 올바른 판단력이 없으면 역겹다거나 잘난 체한다는 얼토당토않은 비난을 들을 수 있다. 너도 앞으로 많은 지식을 익히게 될 것이다. 그때를 위해 보통 사람들이 빠지기 쉬운 함정에 빠지지 않도록 지금부터 조심해야 할 것이다.

겸허함이 없으면 남을 설득할 수 없다

지식이 풍부한 사람은 너무 자신 있는 나머지 남의 의견에 귀를 기울이지 않는다. 그리고 일방적으로 판단을 강요하거나 제멋대로 결론을 내리곤 한다. 그렇게 하면 어떻게 될까? 강요당한 사람은 모욕을 받고 상처를 입었다고 생각하여 얌전하게 따라주지 않고 분노하고 반항할 것이다. 심한 경우 법적 수단에 호소할 수도 있다.

이걸 피하기 위해서는 지식의 양이 늘어날수록 겸손해져야 한다. 확신 있는 사실에 대해서도 별로 확신이 안 서는 듯이 행동해라. 의견을 말할 때에도 너무 단정 지어 말하는 것은 좋지 않다. 남을 설득하고자 할 때에는 상대방의 의견에 충분히 귀를 기울여라. 그 정도의 겸허함도 없으면 안 된다.

만약 네가 학자인 양 잘난 체하는 녀석이라는 소리를 듣기 싫다면, 그렇다고 해서 아는 게 없다고 여겨지는 것도 싫다면, 가장 좋은 방법은 자기 지식을 과시하지 않는 것이다. 주위 사람들과 마찬가지로 이야기하는 것이다. 꾸미지 않고, 순수하게 내용만 전달하면 된다. 주위 사람들보다 조금이라도 더 잘나 보이거나 학식이 있는 것처럼 보여서는 안 된다.

지식은 회중시계처럼 가만히 주머니 속에 넣어두면 된다. 남에게 자랑하고 싶어서 필요하지도 않은데 주머니에서 꺼내거나 굳이 시간을 알려줄 필요는 없다. 시간을 물어보면 그때 대답하면 되는 것이다.

학문은 마치 장식품과도 같아, 지니고 있지 않으면 창피하다. 그렇지만 내가 말한 이 같은 과오를 범하고 비난받지 않도록 조심해야 한다.

4 진지한 이야기만으로는
좋은 결실을 맺을 수 없다

　　오늘은 완전히 녹초가 되었다. 친척 중에 학식이 풍부한 신사가 나를 찾아와서 같이 식사를 하고, 저녁 시간을 보냈다. 이렇게 쓰면 그럼 왜 그러느냐, 즐겁지 않았느냐고 물어볼지 모르지만, 사실은 최악이었다.

　　그 사람은 예의도 모르고 말하는 법조차 모르는, 이른바 세상 물정 모르는 학자였다. 세상 돌아가는 얘기를 두고 "밑도 끝도 없는 쓸모없는 것"이라며 자신의 얘기를 늘어놓는데, 그야말로 하나같이 무겁고 지루한 얘기뿐이었다. 아주 질려버렸다. 해될 것이 없는 세상사라면 차라리 밑도 끝도 없는 편이 얼마나 다행인지 모르겠다.

　　아마 그는 오랫동안 연구실에 틀어박혀서 여러 가지 일에 생각을 거듭하고, 자신만의 이론을 확립한 모양이다. 무슨 일이든 자신의 이론을 내세우고 내가 조금이라도 그것에서 벗어난 이야기를 하려고 하면 눈을 부릅뜨고 화를 내는 것이다. 분명 그의 주장은 지당했다. 그러나 안타깝게도 현실성이 결여되어 있었다. 왠지 아느냐? 책만 많이 읽고 사람들과 어울리지 않았기 때문이다. 학문에는 밝지만 인간사에 관해서는 완전히 무지한 것이다.

자신의 생각을 말로 표현할 때에도 무척 힘들어했다. 말이 입에서 제대로 나오질 않더구나. 나왔다고 생각하면 금세 끊어지고, 게다가 그 말하는 투란! 무뚝뚝하고, 동작은 조잡스럽기 그지없었다.

난 절실히 느꼈다. 아무리 학식이 풍부하고 훌륭한 사람이라도 이런 사람과 대화를 하느니 차라리 조금은 세상 물정을 아는 교양 없고 수다스러운 여자와 이야기를 나누는 편이 훨씬 낫겠다고.

현실성 없는 사람만큼 피곤한 사람은 없다

세상 물정을 모르면서 늘어놓는 이론은 세상이 틀에 박힌 대로 돌아가지 않는다는 것을 알고 있는 사람을 지치게 만든다. 세상은 그렇지 않다고 한마디 해주고 싶었지만, 일단 시작하면 끝이 없을 것이고, 또 상대는 내 말에는 귀도 안 기울일 것이기에 그만두었다.

하긴 그는 옥스퍼드대학인가 케임브리지대학인가에서 몸에 곰팡이가 필 정도로 연구를 했다더구나. 인간의 두뇌, 사람의 심리, 이성, 의지, 감정, 감각, 감상 등에 대해 보통 사람이 생각하기 어려운 부분까지 세분화하여 인간을 철저하게 연구하고 분석해서 자신의 이론을 확립한 것이다. 자신이 옳다고 생각하는 것도 당연하다. 그래서인지 쉽사리 물러나지 않았다.

나는 그것은 나름대로 훌륭하다고 생각한다. 다만 곤란한 것은 그는 실제로 인간을 관찰한 적도, 어울린 적도 없고, 또 세상에는 여러 종류의 인간이 있다는 것, 여러 관습과 편견, 기호가 있다는 것, 그리고 그것들 위에 한 사람이 존재한다는 것을 모른다는 것이다. 즉, 실제 인간에 대해서는 아주 무지하다는 것이다.

그런 식이기 때문에 연구실에서 "인간은 칭찬을 받으면 기분이 좋아진다"라는 것을 발견하고 자신도 그것을 실천하고자 해도, 그 방법을 몰라서 '그래, 무작정 칭찬만 많이 하면 될 거야'라고 생각한다. 그 결과는 쉽게 상상이 가겠지?

칭찬을 해도 눈치 없이 아무 데서나 한다든지 타이밍이 안 맞았다든지……. 그럴 바엔 차라리 아무 말도 하지 않는 편이 낫다. 그들의 머릿속은 온통 자기 일로만 꽉 차서 주위 사람들이 지금 어떤 상황에 있는지, 어떤 얘기를 하고 있는지까지 신경을 못 쓴다. 또 신경을 쓰려고 들지도 않는다. 그래서 떠올린 것이 결국에는 앞뒤 없이 칭찬만 해대는 것이다. 그러면 칭찬받은 사람 또한 당황해서 머뭇거리며, 다음엔 무슨 소리를 들을까 조마조마하게 된다.

인간은 어떤 빛깔로도 바뀔 수 있다

세상 물정 모르는 학자는 아이작 뉴턴이 프리즘을 통해 빛을 발견했을 때처럼, 인간을 색으로 구분 짓는다. 이 사람은 이 색, 저 사람은 저 색, 하는 식으로 말이다. 그런데 경험이 풍부한 염색공은 다르다. 색에는 명도도 있고, 채도도 있다는 것을 안다. 한 가지 색으로 보이지만 여러 가지 색이 섞여 있다는 것을 알고 있는 것이다.

원래 한 가지 색으로만 된 사람은 없다. 조금씩 다른 색이 섞이거나 음영이 들어가거나 하는 법이다. 뿐만 아니라 실크가 빛의 밝기에 따라 다양하게 변하는 것처럼, 상황에 따라 어떤 색으로든 바뀔 수 있는 것이 인간이다.

이런 것은 세상을 아는 사람이라면 누구나 알고 있는 사실이다. 하지만 세상과 격리되어 혼자 연구실에 틀어박혀 있는 자신만만한 학자는 그것을 모른다. 그건 머리로 생각한다고 알 수 있는 것이 아니다. 그래서 공부한 것을 실천에 옮기려고 해도, 뒤죽박죽 뒤섞여 마음먹은 대로 되지 않는 것이다. 춤추는 것을 본 적이 없거나 춤을 배운 적이 없는 사람은, 악보를 읽을 줄 알고 멜로디나 리듬을 이해할 수 있어도 춤을 출 수는 없다. 그것과 마찬가지다.

그 점에서 자기 눈으로 보고, 귀로 들어서 세상을 알고 있는 사람은 전혀 다르다. 칭찬의 위력을 알고 언제, 어디에서, 어떻게 그것을 사용하면 좋을지를 제대로 구분한다. 말하자면 환자의 체질에 맞춰

투약할 수 있는 것이다. 그런 사람은 대개 직접적으로 칭찬하지 않는다. 완곡하게, 비유적으로, 또는 암시적으로 칭찬한다. 머리로 생각하는 것과 현실과는 큰 괴리가 있는 것이다.

진정한 지식인이 되기 위해 빼놓을 수 없는 균형 감각

그런데 너는 지식도 인격도 훨씬 뒤떨어진 사람이 뛰어난 사람을, 상대가 눈치 채지 않도록 교묘하게 조종하는 것을 본 적이 있느냐? 나는 지금까지 여러 번 그런 예를 보아왔다. 부족하지만 세상의 지혜를 알고 있는 그들은, 지식과 인격을 갖췄지만 세상 물정에 어두운 사람들의 맹점을 파고들어 마음대로 움직이는 것이다.

눈으로 직접 관찰하고, 실제로 체험해서 세상에 대해 알고 있는 사람은 단순히 책을 통해서 세상을 보는 사람과는 근본적으로 다르다. 훨씬 더 뛰어나다. 그것은 잘 훈련받은 말이 당나귀보다 훨씬 쓸모 있는 것과 마찬가지다.

너도 이제 지금까지 공부해온 것, 보고 들은 것을 총괄해서 나름대로의 판단 위에 인격과 행동 양식을 만들어가야 할 시기에 와 있다. 남은 것은 세상을 더 관찰하는 것인데, 그런 의미에서 세상사에 대한 책을 읽는 것도 좋다. 그 내용과 현실을 비교해보면 공부가 될 것이다.

예를 들어 오전 공부 시간에 라로슈푸코(역주-프랑스의 고전 작가)의 격언을 몇 개 읽고, 깊이 고찰했다고 하자. 그것을 밤에 사교 석상에서 만난 사람들에게 대입해서 생각해보면 좋을 것이다.

　라브뤼예르(역주-프랑스의 모럴리스트)의 작품을 읽었다면 거기에 묘사된 세계가 어떤 것인지를 그날 밤 사교 석상에서 직접 확인해봐라. 책에는 인간의 심리나 감정의 동요 등 많은 일이 쓰여 있다. 그것을 미리 읽어두는 것은 바람직한 일이다. 그러나 그것만으로 끝나서는 안 된다. 실제로 사회에 발을 들여놓고 관찰하지 않으면 모처럼 얻은 지식도 살릴 수가 없다. 뿐만 아니라 모르는 사이에 잘못된 방향으로 갈 수도 있다. 방 안에서 세계지도를 펼쳐놓고 제아무리 들여다본들, 세계에 대해서 무엇을 알 수 있겠느냐?

5 설득력을 기르는 가장 간단한 방법

오늘은 영국에서 율리우스력을 그레고리력으로 개정하는 법안을 상원에 제출했을 때의 일을 자세히 이야기해보려고 한다. 아마 네게도 참고가 되리라고 생각한다.

율리우스력이 태양력을 열하루 초과하는 부정확한 달력이라는 것은 이미 다 알려진 사실이다. 그것을 개정한 것이 교황 그레고리우스 13세로, 그레고리력은 즉시 유럽 가톨릭 세력에 받아들여졌고, 이어서 러시아와 스웨덴, 영국을 제외한 모든 프로테스탄트 세력에 받아들여졌다.

유럽의 주된 세력이 그레고리력을 채택하고 있는 가운데 여전히 우리나라에서 잘못된 율리우스력을 채택하고 있는 것은 심히 불명예스러운 일이라고 나는 생각했다. 나 외에도 외국과 왕래하는 정치가나 무역상들도 많은 불편과 어려움을 겪었다. 그래서 나는 영국의 달력을 개정하도록 행동을 일으키자고 결심했다.

한 나라의 역사를 바꾼 화술

우선 국가를 대표할 만한 뛰어난 법률가와 천문학자 몇 사람의 도움을 받아 법안을 작성했다. 내 고생이 시작된 것은 여기서부터다. 법안에는 당연히 법률 전문 용어나 천문학적 계산이 가득 들어 있었다. 그리고 그것을 내가 제안하기로 했는데, 그 어느 쪽에도 나는 문외한이었다.

법안을 성립시키기 위해서는 나에게도 약간의 지식이 있다는 것을 의회 쪽에 보여줄 필요가 있었고, 또 나와 마찬가지로 이런 일을 잘 모르는 의원들의 이해를 도와야 했다.

나에 대해 말하자면 천문학을 설명하는 것도, 켈트어나 슬라브어를 배워서 말하는 것도 그리 큰 고생은 아니었다. 하지만 의원들의 입장에서 난해한 천문학 얘기 따위에는 그다지 흥미가 없을 거라 생각했다. 그래서 과감하게 내용 설명이나 전문 용어의 나열은 그만두고 의원들의 마음을 끄는 데에만 전념하기로 했다.

나는 이집트력에서 그레고리력에 이르는 경위만을 가끔 일화를 섞어 재미있게 설명했다. 단어와 문체, 화술, 몸짓에는 특히 신경을 써서 말이다. 그런데 이것이 성공한 것이다. 앞으로도 이런 방법은 성공할 것이 틀림없다. 의원들은 이해한 듯했다. 과학적 설명 따윈 아무것도 없었고 그렇게 할 생각도 없었지만, 여러 명의 의원이 내 설명을 듣고 모든 게 명확해졌다고 말하더구나.

내 설명에 이어 법안 통과를 지원하기 위해·법안 작성에 누구보다 많은 도움을 준, 유럽에서 첫째가는 수학자이자 천문학자인 마크레스필드 경이 전문적인 얘기를 했다. 그런데 그의 말투가 그리 호감을 주지 못했던 것인지, 모든 칭찬이 나에게 쏠려버렸다. 세상사란 그런 것이다.

너도 그런 경험이 있을 게다. 말을 걸어온 사람이 퉁명스럽고 이상한 억양으로 말을 하거나, 어휘의 사용은 물론이고 어순까지 뒤죽박죽이라면 하는 말에 귀를 기울이고 싶은 마음조차 없어지지 않을까? 적어도 나는 그렇다. 그런데 이와는 반대로 호감이 가게끔 말하는 사람은 왠지 그 말의 내용까지도 좋아 보이고, 그 사람의 인격도 훌륭해 보인다.

내용도 중요하지만 외관도 중요하다

만약 네가 전하고자 하는 내용을 아무런 꾸밈없이, 논리 정연하게 설명하는 것으로 충분하다고 생각한다면, 그건 분명 착각이다. 남들 앞에서 말을 할 때는 이야기의 내용보다 말을 잘하느냐 못하느냐에 따라 그 사람에 대한 평가가 달라진다.

사적인 모임에서 사람들의 마음을 사로잡고 싶을 때, 혹은 공적인 모임에서 청중을 설득하고 싶을 때, 중요한 것은 내용보다 그 사람의 분위기나 표정, 몸짓, 품위, 발성법, 사투리, 억양 등 이른바 부수적인 부분이다.

나는 피트 씨와 스토마운트 경의 백부인 뮤레이 사법 장관, 이 두 사람이 우리나라에서 가장 연설을 잘한다고 생각한다. 이 두 사람 외에 영국의 의회를 잠잠하게 할 수 있는 사람, 과열된 논쟁을 진정시킬 수 있는 사람은 없다. 이 두 사람의 연설은 저 소란스러운 의원들을 침묵시키고, 귀 기울이게 하는 힘을 가지고 있다. 연설을 하고 있을 때 한번 가봐라. 핀이 떨어지는 소리까지 들릴 정도다.

왜 이 두 사람의 연설이 이 같은 힘을 지니고 있는 걸까? 내용이 훌륭해서? 뚜렷한 근거가 있어서? 나도 그들의 연설에 매료된 사람 중 한 사람으로, 집에 돌아와서 왜 그런지를 곰곰이 생각해본 적이 있다. 대체 그들이 무엇을 말했을까 하고. 하나하나 다시 생각해보니 놀랍게도 내용은 거의 없고, 논지도 설득력도 부족한 게 많더구나. 즉, 겉으로 드러난 허식에 매료된 것에 지나지 않았던 것이다.

아무런 꾸밈도 없이 논리 정연하게 말하는 것은 지적인 사람들이 몇 명 모여 있는 사적인 모임에서나 설득력도 있고 매력도 있는 것이지, 많은 사람을 상대로 하는 공적인 자리에서는 통하지 않는다.

세상이란 그런 것이다. 우리는 연설을 통해 뭔가를 배우기보다는 즐겁게 듣는 쪽을 택한다. 원래 남이 날 가르치려고 하는 것은 별로 기분 좋은 일이 아니다. 무식하다는 말을 듣는 것이나 마찬가지니까. 연설이 사람들 귀에 쏙쏙 들어가, 사람들로부터 칭찬을 받으려면 우선 목소리가 좋아야 한다. 이것은 연설을 잘 못하는 우리나라 사람들에게 있어서, 특히 네게 있어서 생각해볼 만한 가치가 있다.

6 표현력을 갈고닦는 방법

　　말을 잘하는 사람이 되고 싶다면 어떻게 하는 것이 좋을까? 말을 잘하는 사람이 되겠다는 목표를 항상 마음속에 지니고, 그것을 실현하기 위해 책을 읽거나 문장 연습을 하는 등 모든 신경을 그곳에 집중해야 한다.

　　우선은 자신에게 되풀이해서 말해보자.

　　"나는 사회에서 한몫을 해내는 사람이 되고 싶다. 그러기 위해서는 말을 잘해야 한다."

　　그리고 일상 회화를 갈고닦으며, 정확하고 품위 있으면서도 어색하지 않은 대화법을 익히도록 노력해라. 또한 고전이나 현대물을 막론하고 웅변가가 쓴 책을 많이 읽어봐라. 오로지 말을 잘하기 위해서 그것을 읽는 거라고 자신을 격려하는 것이다.

책에서 좋은 표현을 배워라

실제로 그런 목적으로 책을 읽을 때에는 문체나 어휘의 사용에 주의해라. 어떻게 하면 좋은 표현이 될 것인지, 또 자신이 똑같은 표현을 쓴다고 했을 때 어디가 부족한지를 생각하면서 읽도록 해라. 같은 의미의 내용을 쓰더라도 저자에 따라 표현이 어떻게 달라지는지, 표현이 다르면 같은 내용인데도 인상이 어떻게 달라지는지를 주의해서 읽어봐라. 아무리 훌륭한 내용이라도 어휘의 사용이 어색하거나 문장에 품위가 없거나 문체가 어울리지 않는다면 얼마나 흥이 깨지는지를 잘 관찰해두면 좋을 것이다.

자신만의 독특한 스타일을 만들어라

또 아무리 자유로운 대화라도, 아무리 친한 사람에게 보내는 편지라도 자신만의 스타일을 갖는 것은 매우 중요한 일이다. 말을 하기 전에 준비하는 것도 중요하지만, 그러지 못했을 경우에 적어도 대화가 끝난 후, 더 잘할 수는 없었는지 생각해보는 것만으로도 큰 도움이 된다.

말은 바르게 사용하고 정확히 발음해라

너는 사람들의 마음을 끄는 배우가 어떤 식으로 말하는지 주의 깊게 들어본 적이 있느냐? 잘 관찰해보면 알겠지만 좋은 배우란 분명하게 발음하고 정확한 말에 무게를 두는 법이다. 말이라는 것은 개념을 전달하기 위해 있는 것이다. 그러므로 개념이 전달되지 않게 말을 하거나 귀 기울이고 싶지 않게끔 말을 하는 것은 더없이 어리석은 일이다.

하트 씨에게 부탁해라. 매일 큰 소리로 책을 낭독하는 것을 들어달라고. 숨 쉬는 방법, 강조하는 방법, 읽는 속도 등에 자연스럽지 못한 곳이 있으면 일일이 지적을 받아서 고쳐나가면 될 것이다. 읽을 때에는 입을 크게 벌리고, 한 마디 한 마디 분명하게 발음해라. 조금이라도 빠르거나 분명하지 않다면 그때그때 지적해달라고 해야 한다.

혼자서 연습할 때도 천천히 읽으면서 네 귀로 잘 들으며, 말이 좀 빠른 습관을 고치도록 노력해라. 네 발음에는 걸리는 듯한 느낌이 있어서 말을 빨리 하면 알아듣기 힘든 경우가 종종 있다. 발음하기 어려운 자음이 있다면, 특히 'r' 발음은 잘될 때까지 몇 번이고 반복해서 연습해라.

생각을 문장으로 정리하는 훈련을 해라

몇 가지 사회적 문제를 골라서 그것에 대해 나올 수 있는 찬성 의견과 반대 의견을 머릿속에서 생각한 다음, 논쟁을 벌인다고 가정하고 그것을 가능한 적절하고 정확한 말로 표현해봐라. 좋은 공부가 될 것이다.

예를 들어 방위력 강화에 대해 생각해보자. 반대 의견 중 하나로, 군비를 강화하는 것이 주변 국가에 위협을 줄 우려가 있다는 걸 들 수 있다. 찬성 의견 중 하나로는 힘에는 힘으로 맞서야 한다는 것이 있을 것이다.

찬반양론에 대해 충분히 생각하고, 가령 본질적으로 악이라고 할 수 있는 상비군을 두는 것이 상황에 따라서는 다른 나라의 악을 막는 필요악이 될 수 있는지 등을 잘 생각해보는 것이다. 그렇게 해서 자신의 생각을 정리하고, 그것을 우아한 문장으로 만들어봐라. 논의를 할 때의 연습도 될 것이고, 말을 잘하는 습관을 들이는 데에도 큰 도움이 될 것이다.

청중이 무엇을 원하는가를 생각해라

사람들을 제압하기 위해서는 과대평가를 하지 않는 것이 중요하다고 말한 적이 있는데 생각나느냐? 연설을 할 때에 청중을 기쁘게 하기 위해서도 청중을 과대평가하지 않는 것이 중요하다. 나도 처음 상원 의원이 되었을 때 의회에 모인 사람들이 경의를 표해야 할 사람만 모인 집단처럼 느껴져 일종의 위압감을 느꼈다. 하지만 그것도 의회의 실정을 알게 되면서 곧 사라져버렸다.

나는 곧 오백육십 명의 의원 중 사리 분별이 있는 사람은 삼십 명 정도가 고작이고 나머지는 평범한 사람에 가깝다는 것을 알게 되었다. 그리고 품위 있는 말로 꾸며진, 밀도 있는 내용의 연설을 기대할 수 있는 것도 그 삼십 명 정도일 뿐, 나머지 의원들은 내용이야 어떻든 듣기 좋은 연설이면 만족한다는 것 또한 알게 되었다.

그것을 알고 난 다음부터는 연설을 할 때 긴장하는 일도 적어지고, 나중에는 청중에게 전혀 신경을 쓰지 않고 이야기의 내용과 화술에만 집중할 수 있게 되었다. 자만하는 것은 아니지만 어느 정도 수준 있는 얘기를 할 수 있을 정도의 양식을 나 스스로가 가지고 있다고 생각하기 시작한 것이다.

웅변가는 실력 있는 구두 직공과도 비슷하지 않을까 싶다. 둘 다 상대방, 즉 청중이나 고객에게 어떻게 하면 맞출 수 있는가를 알면 나머지는 기계적으로 할 수 있다. 만약 네가 청중을 만족시키고 싶다면 청중이 좋아하는 방법으로 만족시켜야 한다. 연설을 하는 사람이 청중 개개인의 특성까지 좌우할 수는 없다. 있는 그대로의 그들을 받아들일 수밖에 없다. 그리고 다시 한 번 말하지만 그들은 오감이나 마음을 사로잡는 것에만 기쁨을 느끼고 그것만 받아들일 뿐이다.

라블레(역주−프랑스의 작가, 의사)가 쓴 첫 번째 작품 역시 아무에게도 관심을 끌지 못했다. 독자의 기호에 맞춰 「가르강튀아와 팡타그뤼엘」을 쓰고 나서야 겨우 그들의 갈채를 받을 수 있었다.

7 서명을 할 때는 신중해라

　　지난번에 네가 지출한 구십 파운드짜리 청구서를 받았을 때, 나는 순간 지불을 하지 말까도 생각했다. 금액이 문제가 아니라, 이런 경우에는 편지로라도 미리 상의를 하는 것이 당연한 일인데도 불구하고, 너는 그것에 대해 한마디 말도 없었다.

　　그러나 그것보다도 더 언짢았던 것은 네 서명이 어디 있는지 알 수 없었던 것이었다. 청구서를 가져온 사람이 가리키는 곳을 돋보기로 보고서야 겨우 제일 아래쪽에 너의 서명이 있다는 것을 알았다. 처음에는 글을 모르는 사람이 가위표를 쳐놓은 것인가 생각했는데, 웬걸 너의 서명이더구나. 나는 이제껏 그렇게 작고 볼품없는 서명을 본 적이 없다.

　　신사, 아니 적어도 비즈니스를 하는 사람이라면 언제나 똑같은 서명을 하는 것이 관례다. 그렇게 하는 것은 남들이 네 서명에 익숙해지고, 가짜가 통용되는 일도 없도록 하기 위해서다. 또 보통 서명을 할 때에는 다른 글자보다 크게 써야 한다. 그런데 네 서명은 다른 글자보다도 작은 것은 물론이려니와 알아보기도 힘들었다.

네 서명을 보고 이 글을 쓰고 있는 동안 네 신변에 일어날 수 있는 여러 가지 나쁜 상황을 상상해봤다. 각료에게 이런 서명을 한 편지를 보낸다면, 보통 사람들이 쓰는 글자가 아니라며 기밀문서로 의심해 암호해독반으로 넘길지도 모른다. 만약 아기 새를 보내는 척하고 그 안에 연애편지를 숨겨 넣는다면, 그것을 받은 여자는 그 편지를 새 장사꾼이 넣은 것이라고 생각할 것이다.

일 처리는 침착하게 해라

너는 허둥거리다가 서명을 그렇게 했다고 말할지도 모르겠다. 그렇다면 왜 허둥거렸느냐? 분별 있는 사람은 서두르는 일은 있어도 허둥거리는 일은 없다. 허둥거리면 손해를 본다는 것을 잘 알고 있으니까. 따라서 서둘러 일을 처리하는 경우에도 일을 그르치지 않도록 항상 신경을 써야 한다.

소심한 자가 허둥대는 것은 주어진 일이 너무 버겁다는 것을 알았을 때다. 자기 힘에는 벅차다고 생각해 허둥대며 여기저기 뛰어다니고, 고민을 하고, 결국 혼란스러워서 뭐가 뭔지 모르게 되어버린다. 모든 것을 한꺼번에 해치우려고 하기 때문에 손에 잡히는 게 아무것도 없는 거다.

　그 점에 있어서 분별 있는 사람은 다르다. 하고자 하는 일을 제대로 하는 데 필요한 시간을 미리 준비해두고, 서두를 때에도 한 가지 일만 일관되게 서둘러 처리한다. 즉, 항상 냉정하고 침착하게, 허둥대지 않고, 한 가지 일이 끝나지 않은 동안에는 절대 다른 일에 손대지 않는다.

　너도 여러 가지로 시간이 충분하지 않다는 것은 잘 안다. 하지만 모든 것을 적당히 하느니 절반은 완벽하게 하고 나머지 절반은 다음 기회로 미루는 편이 훨씬 낫다. 몇 초를 아끼려고 되는대로 글씨를 휘갈겨서 얻을 수 있는 것은 아무것도 없다.

좋은 친구는 평생의 재산이다 6장

1 친구는 너의 미래를
비추는 거울이다

이 편지가 도착할 무렵이면 너는 베네치아에서 떠들썩하고 소모적인 사육제를 보내고 토리노로 자리를 옮겨 공부할 준비로 바쁘겠구나. 토리노에 머무는 것이 너의 공부에 도움이 되길, 그리고 네 학력을 빛내주길 바란다. 그렇지 않으면 곤란하다. 솔직히 말해 나는 지금 그 어느 때보다 널 걱정하고 있다.

들리는 소문에 따르면 토리노의 전문학교에는 평판이 안 좋은 영국인이 몇몇 있다더구나. 자칫 지금까지 쌓아온 것이 무용지물이 되진 않을까 걱정이 되어 견딜 수가 없다. 어떤 사람들인지는 모르겠지만 모이면 난폭한 행동을 하고, 버릇없는 태도를 보이는 등 그 성질의 편협함이 그대로 드러난다고 하더라. 그런 일들이 친구들 사이에서 그치면 다행이지만 그렇지 않은 것 같다. 자기들 집단에 들어오라고 압력을 가하거나 집요하게 강요한다고 하더구나. 그리고 그게 잘 안 되면 우롱하는 수법까지 동원한다고 한다. 네 또래의 경험이 부족한 젊은이들에게는 그것이 통하겠지. 그러나 압력을 받거나, 억지로 권유당하더라도 부디 그런 일에 휘말리지 않도록 조심하길 바란다.

일반적으로 젊은 사람들은 남에게 부탁을 받으면 싫다는 소리를 잘 못 하는 편이다. 싫다고 하면 체면이 안 서는 듯하고, 상대에게 미안한 마음도 들겠지. 따돌림을 당하고 싶지 않은 마음도 있을 테고. 물론 그런 마음 자체는 나쁜 것이 아니다. 상대에게 맞추고, 또 기쁘게 해주려는 마음은 상대가 좋은 사람이라면 좋은 결과를 낳는다. 그러나 그렇지 못한 경우에는 마음에도 없는데 상대방에게 질질 끌려 다니는 최악의 사태를 가져오게 된다. 만약 자신에게 그런 결점이 있다면 그 결점만으로 그쳐야 한다. 남의 나쁜 점을 흉내 내서 결점을 더 늘리는 짓은 하지 말기 바란다.

쉽게 달아오르지 않는 우정이야말로 진정한 우정이다

토리노대학에는 여러 부류의 사람이 있을 것이다. 그들과 금세 친해질 수 있고, 친구가 될 수 있다고 생각하지 마라. 그것은 자만에 지나지 않는다. 진정한 우정이란 그렇게 간단히 얻어지는 게 아니다. 오랜 시간에 걸쳐 서로를 알아가고 이해할 수 있을 때, 진정한 우정이 싹트는 것이다. 그런데 그렇지 않은 이름뿐인 우정도 있다.

요즘 젊은이들 사이에서 만연하고 있는 것이 바로 그런 것이다. 이런 우정은 잠시 동안은 좋게 유지되는 듯할지 모르지만 쉽게 식어버린다. 우연히 알게 된 몇 사람이 함께 무분별한 행동을 하거나, 노는데 빠지게 되는 것이 이른바 속성 재배된 우정이다. 술과 여자로만 이어져 있다니 꽤 근사한(?) 우정이겠지.

차라리 사회에 대한 반항이라고 외치면서 비난을 받아들인다면 그나마 낫지 않을까 싶은데, 경박하고 생각이 짧은 그들이 그런 세련된 흉내를 낼 수 있을 리 없다. 그들은 자기들의 안이한 관계를 우정이라 부르며 돈을 빌리거나, 친구를 위한다는 명목으로 갖은 소동에 끼어들어 싸움이나 일으키곤 한다.

이런 사람들은 자칫 사이가 나빠지기라도 하면, 금세 손바닥 뒤집듯 상대방에 대해 비방을 하고 다닌다. 일단 사이가 멀어지면 그것으로 끝, 두 번 다시 상대를 배려하는 일도 없고, 지금까지의 신뢰관계를 배반하고 우롱한다.

너에게 하고 싶은 말은 친구와 노는 상대는 다르다는 것이다. 함께 있으면 즐겁다고 해서 다 좋은 친구라고 할 수 없다. 아니, 오히려 친구로서 적합하지 않은 인물이거나 도움이 안 되는 인물인 경우가 더 많다.

중요하지 않은 사람이라도 적으로 만들지는 마라

주위에 어떤 친구가 있느냐에 따라 그 사람의 평판이 어느 정도 결정된다고 해도 좋을 것이다. 이것은 도리에 어긋난 일이 아니다. 그것을 적나라하게 표현하는 말이 스페인에 있다.

누구와 지내고 있는지 가르쳐주렴

그러면

네가 어떤 사람인지 맞춰주마

부도덕한 사람이나 어리석은 사람을 친구로 둔 사람은 그 자신도 떳떳하지 못한 일을 하고 있지는 않은지, 숨기고 있는 비밀 같은 건 없는지 주위로부터 의심을 받게 된다. 하지만 주의해야 할 것은 부도덕한 인물이나 어리석은 사람이 다가왔을 때 몸을 사리는 것은 당연하겠지만, 필요 이상으로 냉정하게 대해서 적으로 만들 필요는 없다는 것이다. 친구가 되고 싶지 않은 사람이야 얼마든지 있겠지만, 그들을 적으로 만드는 것은 좋은 방법이라고 할 수 없다.

나라면 적도 없고 아군도 없는 중립을 택하겠다. 이것이 가장 안전한 방법이다. 악행이나 우행은 미워해도 개인적으로 적대시하지는 마라. 그들이 너에게 적의를 가져서 좋을 건 없다. 친구가 되는 것보다야 낫겠지만 그래도 험한 꼴을 당할 수도 있다.

중요한 것은 상대가 누구든 말해도 좋은 것과 그렇지 않은 것을 잘 판단해서 자신을 다스리는 것이다. 무엇보다 판단력이 좋은 척 으스대는 것은 좋지 않다. 그런 행동은 상대를 불쾌하게 만들고, 실제로 그렇지 않은 경우에는 오히려 상대방을 화나게 만든다.

진정한 의미에서 사리를 분별할 줄 아는 사람은 드물다. 대개는 사소한 것에 정신을 빼앗겨 굳게 입을 다물거나, 반대로 자기가 알고 있는 것, 생각하고 있는 것을 다 털어놓아 적을 만들어버린다.

2 어떤 사람과 사귀는 것이 좋은가

친구에 대한 이야기는 이 정도로 하고, 다음은 어떤 사람과 사귈 것인가에 대해 말하기로 하자.

우선 될 수 있으면 자신보다 나은 사람과 사귀도록 노력해라. 자신보다 뛰어난 사람과 사귀면 자신도 그 사람과 마찬가지로 우수해진다. 반대로 자신보다 수준이 낮은 사람과 어울리면 자신도 그 정도 수준의 사람밖에 될 수 없다. 전에도 언급했지만 사람은 사귀는 상대에 따라 어떤 모습으로든 변할 수 있다.

여기서 내가 말하는 뛰어난 사람이란 집안이 좋다거나 지위가 높다거나 하는 의미가 아니다. 내실이 있는 사람, 세상 사람들이 훌륭하다고 인정하는 사람을 말한다.

훌륭한 사람에는 크게 두 부류가 있다. 하나는 사회에서 주도적인 입장에 있거나 사교 석상에서 화려한 활동을 펼치고 있는, 사회적으로 걸출한 사람이고, 다른 하나는 특정 분야의 학문이나 예술에 실력이 뛰어난 사람이다. 하지만 그 기준을 혼자만의 생각으로 정해서는 안 된다. 그 지역 사람들이 한결같이 훌륭하다고 인정하고, 그렇게 부르는 사람이어야 한다. 거기엔 몇몇 예외적인 인물이 있어도 상관없다. 아니, 오히려 그 편이 바람직하다.

사귀기에 적합한 그룹이란 사실, 단순히 뻔뻔스러움만으로 끼어들 수 있거나 어떤 중요한 인물의 소개로 강제로 들어가는, 잡다한 인물이 모인 집단일지도 모른다. 각양각색의 인격을 지닌 사람들, 갖가지 도덕관을 지닌 사람들을 관찰하는 것은 즐거운 일이고 도움도 된다. 게다가 어차피 주류는 어느 정도 수준이 있는 사람들이다. 눈살을 찌푸릴 만한 사람은 절대로 어울릴 수 없다.

그런 의미에서 말하자면 신분이 높은 사람만 모인 집단은 그 지역에서 훌륭하다고 인정받는 것이 아닌 한, 바람직하다고 할 수 없다. 아무리 신분이 높아도 머리가 비어 있는 사람, 상식에서 벗어난 행동을 하는 사람, 아무것도 내세울 게 없는 사람이 있기 때문이다.

학식이 풍부한 사람만 모인 그룹도 마찬가지다. 세상에서 정중한 대우를 받고, 존경받는 것은 분명하지만 사귀기에 적합한 그룹이라고 말하기는 어렵다. 전에도 말했다시피 그들은 마음 편하게 행동할 줄을 모른다. 세상 물정을 모르고 오로지 공부밖에 아는 게 없다.

그런 그룹에 낄 만큼 네게 재능이 있다면 때때로 얼굴을 내미는 것도 나쁘진 않을 것이다. 그것으로 네 평판이 올라갈지언정 나빠지지는 않을 테니까. 그러나 너무 몰입하는 것은 좀 생각해볼 문제다.

어쩌면 세상 물정 모르는 학자의 일원으로 취급받아 사회 활동에 적지 않은 영향을 미칠지도 모르니 말이다.

적당한 거리를 두고 교제하는 것도 필요하다

재기가 넘치는 인물이라면 대부분의 젊은이들이 서로 함께 있고 싶어서 안달하는 상대일 것이다. 자신에게도 재기가 있다면 즐거워서 어쩔 줄 모를 것이고, 재기가 없는 사람이라면 그런 사람과 사귀는 것을 자랑스럽게 생각할 것이다. 그러나 그런 재기 넘치는 매력적인 인물과 사귀는 경우에도 너무 푹 빠져서는 안 된다. 판단력을 잃지 말고 적당히 사귀는 것이 좋다.

재치만큼 남을 기쁘게 하는 것도 없다. 그러나 그것은 반대로 공포심을 불러일으키기도 한다. 일반적으로 주위에 남의 눈이 있을 때, 사람들은 날카로운 재치를 두려워하는 법이다. 그것은 여자들이 대포를 무서워하는 것과도 비슷하다. 안전장치가 저절로 벗겨져서 탄환이 내게 날아오지 않을까 하는 두려움 같은 것이다. 하지만 이런 사람들과 만나서 친하게 지내는 것은 그 나름대로 의미 있는 일이고, 즐거운 일이기도 하다. 다만, 아무리 매력이 있다고 해도 다른 사람들과 사귀는 것은 다 그만두고 그 사람하고만 어울리는 건 좀 생각해볼 문제다.

사귀는 상대에 따라 수준이 달라진다

무슨 일이 있어도 피해야 할 것은 수준이 낮은 사람들과 어울리는 것이다. 인격적으로 수준이 낮고, 덕이 없고, 지식이 부족하고, 사회적 지위도 낮은 사람, 자신에게는 내세울 게 하나도 없어 오직 너와 사귀는 것을 자랑으로 삼는 사람들 말이다. 그런 사람들은 너를 잡아두기 위해 너의 결점까지도 일일이 치켜세울 것이다. 그런 사람과 사귀어서는 안 된다.

너는 내가 이런 당연한 일까지도 주의를 준다며 시큰둥할지도 모르겠다. 하지만 나는 이것이 네 장래를 결정지을 수도 있다고 생각한다. 분별력 있고 사회적 지위도 어느 정도 있는 어엿한 사람이 그런 사람들과 어울리다가 신용을 잃고 타락해가는 모습을 내 눈으로 수없이 봐왔기 때문이다.

여기서 제일 문제가 되는 것은 허영심이다. 인간은 허영심 때문에 나쁜 짓을 하고, 또 어리석은 행동을 한다. 그리고 어디로 보나 자기보다 못한 사람들과 사귀는 것도 이 허영심 탓이다.

사람은 누구나 자기가 속한 그룹에서 최고가 되고 싶어하기 마련이다. 친구들로부터 칭찬을 듣고 떠받들어지길 원하며, 마음대로 친구들을 움직이고 싶어한다. 그런 아무 소용없는 칭찬을 듣고 싶어서 수준이 낮은 사람들과 어울리는 것이다.

그럼 어떤 결과가 나올까? 그래, 결국 자신도 그 사람들과 같은 수준이 되어 더 훌륭한 사람들과 사귀고 싶어도 그럴 수 없게 되어 버린다. 다시 한 번 말하지만, 사람은 사귀는 상대와 같은 수준으로 올라가기도 하고 내려가기도 한다. 그리고 그 상대에 따라 평가를 받기도 한다.

3 수준 높은 사람들과
사귀는 방법

나는 지금도 내가 처음 사교 석상에 나가, 훌륭한 사람들에게 소개되었을 때의 일을 또렷이 기억하고 있다. 아직 대학생 티를 벗지 못했던 나는 너무나 훌륭한 사람들을 앞에 두고, 두려움에 자리에서 꼼짝도 할 수 없었다. 우아하게 행동해야 한다고 스스로 되뇌면서도 인사를 할 때면 남보다 깊숙이 머리를 숙여 어색한 꼴을 보이고, 누군가 말을 걸어오거나 내 쪽에서 말을 걸려고 할 때도 손도, 발도, 머리도, 입도 마음대로 움직여주지 않았다.

귓속말로 무언가를 속삭이는 사람들이 눈에 띄면 꼭 내 얘기를 하는 것만 같고, 그 자리에 있는 사람들 모두가 나를 바보 취급을 하거나 비판하고 있는 것처럼 느껴졌다. 잘 생각해보면 나처럼 머리에 피도 안 마른 청년에게 신경 쓸 사람은 아무도 없었을 텐데 말이다.

나는 잠시 동안 마치 감옥살이를 하는 죄인 같은 심정으로 그 자리에 있었다. 만약 눈앞에 있는 수준 높은 사람들과 사귀어서 나를 갈고닦자는 굳은 결의와 의지가 없었더라면, 그 자리에서 주춤주춤 물러났을 것이다. 그러나 나는 그곳을 떠나지 않았다. 어떻게든 그 자리에 융화되지 않으면 안 된다고 생각했다.

그렇게 마음을 정하고 나니 마음이 훨씬 편해지더구나. 더는 볼썽사나운 인사는 하지 않았지. 누가 말을 걸어와도 전처럼 입속에서 우물거리거나 더듬지 않게 되었다.

좋은 계기는 스스로 만드는 것이다

당황해하는 내 모습을 본 사람들이 한가할 때 나에게 와서 말을 걸어주었다. 나는 천사가 나를 위로해주려, 내게 용기를 주러 온 게 아닌가 생각했을 정도다.

조금씩 용기가 났다. 나는 기품 있어 보이는 부인에게 다가가서 과감하게 "오늘 날씨가 참 좋군요"라고 말을 걸었다. 그 부인은 아주 정중하게 "네, 그러네요"라고 대답해주었다. 거기서 대화가 끊겼다. 나는 더 할 말을 찾을 수 없더구나. 그때, 그 부인이 먼저 입을 열었다.

"당황해하지 마세요. 내게 말을 거는 데 상당한 용기를 내신 것 같은데……. 하지만 그렇다고 해서 이곳에 계신 분들과 어울리는 것을 포기하면 안 됩니다. 다들 알고 있으니까요. 당신이 함께 어울리기 위해 노력하고 있다는 것을요. 그 마음이 중요해요. 그 후엔 방법을 익혀야겠죠. 당신은 스스로 생각하는 것만큼 서툴지 않아요. 수업을 거듭하면 언젠가는 훌륭해질 거예요. 만약 내게 배우길 원한다면, 나의 애제자라고 친구들에게 소개하고 싶은데……."

그 말을 듣고 내가 얼마나 기뻤는지 상상이 되느냐? 그리고 또 내가 얼마나 어색하게 대답했는지도? 나는 두세 번 헛기침을 했다. 마치 목구멍에 뭔가가 달라붙어 있는 것 같아서 목소리를 낼 수가 없었거든. 나는 겨우 입을 열었다.

"말씀 고맙습니다. 제가 이렇게 자신 없어하는 이유는 훌륭한 분들과 어울리는 데 익숙하지 않기 때문입니다. 하지만 스승이 되어주신다면, 기쁘게 받아들이겠습니다."

내 더듬거리는 말이 끝나기가 무섭게 그 부인은 서너 명을 불러 모아 프랑스어로 이렇게 말했다(당시 나는 프랑스에 있었다).

"여러분, 제가 이 젊은 분의 교육을 맡게 되었답니다. 이분은 그것을 아주 기뻐하고 있습니다. 아마도 제가 마음에 들었나 봐요. 그렇지 않으면 제게 와서 벌벌 떨면서도 용기를 내어 '오늘 날씨가 참 좋군요'라고 말을 걸지 않았을 테니까요. 여러분도 도와주세요. 이 젊은 분이 용기를 갖도록 도와드리자고요. 이분에게는 본보기가 필요해요. 만약 내가 적절한 본보기가 아니라고 생각하신다면 다른 분을 찾으시겠죠? 하지만 그렇다고 해서 오페라 가수나 여배우를 택하면 안 된답니다. 그런 사람들과 함께라면 세련되기는커녕, 재산을 탕진하고 건강을 해치며 생각은 황폐해지고 점점 타락해갈 거예요."

생각지도 못한 강의를 듣고 그 자리에 있던 서너 명은 웃음을 터뜨렸다. 나는 무표정한 얼굴을 하고 서 있었다. 그 부인이 진심으로 말하고 있는 것인지, 아니면 나를 놀리는 것인지 알 수가 없었다. 아무튼 나는 기쁘기도 하고, 부끄러운 생각이 들기도 하고, 용기를 얻기도 하고, 실망하기도 하면서 그 부인의 말을 계속 듣고 있었다.

교제에 빼놓을 수 없는 의욕과 끈기

잠시 오해는 했지만 그 부인과, 또 그 부인이 소개해준 사람들은 다른 사람들 앞에서 정말 나를 잘 감싸주었다. 난 점점 자신이 생겼다. 우아하게 행동하는 것이 이제 부끄럽지 않았지. 좋은 본보기를 찾으면 열심히 그 사람을 흉내 냈다. 그리고 점차 자유로운 마음으로 흉내를 낼 수 있었고, 결국은 나 나름대로의 방법을 덧붙일 수 있게 되었다.

너도 남들에게 호감을 주는 사람이 되고 싶고, 세상에 나가 많은 일을 하고 싶다고 마음먹으면 못 할 것이 없다. 하고자 하는 의욕과 끈기만 있다면 말이다.

4 상대를 있는 그대로 평가하는 눈을 기르는 법

젊은이들은 사람이나 물건을 과대평가해버리는 경향이 있다. 그것은 잘 모르기 때문이다. 알면 알수록 평가는 점점 낮아지게 되는 법이다. 인간은 네가 생각하는 것처럼 이지적이고 이성적인 동물이 아니다. 감정에 지배받고, 쉽사리 무너질 수 있는 나약한 면도 가지고 있다. 일반적으로 유능하다는 소리를 듣는 사람일지라도, 절대적이 아니라는 것을 너도 잘 알고 있을 것이다. 유능하다고 하는 것은 다른 사람과 비교해서 그렇다는 것뿐이다. 보통 사람보다 결점이 적다는 것만으로 유능하다고 불리는 것이고, 그것은 다만 우위에 있는 것에 지나지 않는 것이다.

그들은 먼저 자신을 다스리고 결점을 줄여서, 대다수를 제어하기 쉽도록 한다. 그때 이성에 호소해서 제어하는 어리석은 짓은 안 한다. 감정이나 감각 같은 제어하기 쉬운 곳을 교묘하게 공략하는 것이다. 그렇게 해서 실패하는 일은 거의 없다.

그러나 다시 한 번 멀리서 보면, 흔히들 위대하다, 완벽하다고 생각하는 사람에게도 결점은 있다. 그 위대한 브루투스조차도 그렇다. 그도 마케도니아에서는 도둑에 버금가는 행동을 하지 않았느냐. 프랑스의 리슐리외 추기경도 그렇다. 자신의 시적 재능을 조금이라도 높이 사주길 바라서 추한 흉내를 냈다. 말버러 공작도 마찬가지다. 구두쇠 같은 면을 보였으니까.

네 자신의 눈으로 인간이 어떤 것인가를 알 수 있을 때까지는 라로슈푸코 공작의 「격언집(Maxims)」을 읽는 것이 좋다. 이 책만큼 인간에 대해 많은 것을 가르쳐주는 책은 일찍이 본 적이 없다. 이 책은 하루 중 잠시 동안이라도 좋으니 매일 읽으라고 권하고 싶다. 이것만큼 인간 그대로의 모습을 정확하게 파악하고 있는 책도 드물 것이다. 이 책을 읽으면, 너도 인간을 필요 이상으로 과대평가하는 일은 없어질 것이다. 그렇다고 해서 인간을 부당하고 낮게 평가하는 책은 아니다. 그 점은 내가 보증한다.

젊은이다운 패기와 쾌활함을 살려라

네 또래의 젊은이들은 언제나 활기가 넘쳐 보기에 좋다. 그러나 선로를 깔아주지 않으면 어디로 가야 할지 몰라 방황하고, 자칫하면 넘어져 목뼈가 부러질 우려도 있다. 하지만 그 무모한 젊음이 항상 책망받기만 하는 것은 아니다. 거기에 신중함과 절제가 더해진다면 사람들로부터 더 많은 찬사를 받기도 한다. 그러므로 젊은이 특유의 들뜬 마음은 자제하고, 젊은이다운 패기와 쾌활함으로 당당하게 사람들 속으로 들어가거라. 젊은이의 변덕스러움은 본의 아니게 상대를 화나게 하는 일이 있지만, 발랄한 기운은 사람의 마음을 끌어당긴다. 가능하면 사전에 만날 사람들의 성격이라든가, 현재 어떤 상황에 처해 있는지를 조사해두면 좋을 것이다. 그렇게 하면 이것저것 상상하면서 말하지 않아도 된다.

네가 만날 사람 중에는 마음씨 좋은 사람뿐만 아니라 마음씨 나쁜 사람도 그 이상으로 많을 것이다. 비판하기 좋아하는 사람도 있고, 그보다 더 비판받아 마땅한 사람도 있다. 그런 사람에 대해서는 그 자리에 있는 대부분의 사람에게 해당되는 점을 칭찬하거나, 단점을 옹호해주면 된다. 그러면 그것이 비록 일반론일지라도 자신을 향한 말이라고 생각하고 기뻐할 것이다.

따끔한 충고를 해주는 친구가 진정한 친구다

사람은 특히 자기보다 뛰어난 사람들 속에 있으면, 언제나 남이 자기를 보고 있는 듯한 기분이 들기 마련이고, 사람들이 작은 소리로 뭔가를 속삭이면 자기 말을 하고 있을 거라고 생각한다. 또 어떤 말이 분명하게 의미를 알 수 없어도 그럴 듯하게 들리면 억지로 자신에게 끼워 맞춰 그것이 마치 자신을 염두에 두고 한 말인 것처럼 착각한다.

스크라브가 「계략(Stratagem)」이라는 책에서 쓴 것처럼, "저렇게 큰 소리로 웃다니, 분명 나를 비웃고 있는 게 틀림없어" 하고 생각해버리는 것이다. 어쨌든 뛰어난 사람들 속에 들어가 실패를 거듭하면서 실컷 좌절감을 맛보는 동안에 점차 너도 세련된 매너를 익히게 될 것이다.

남자든 여자든 상관없으니 네가 가장 친하게 지내고 있는 사람 대여섯 명에게 "나는 젊고 경험이 부족하므로 상당한 무례를 범할지 모르니, 그때마다 서슴없이 지적해주십시오"라고 부탁해보아라. 그리고 상대에게 지적을 받으면 우정의 증거라 생각하고 고맙다고 말하는 것도 잊지 않도록 해라.

이렇게 마음속에 있는 것을 숨김없이 얘기해 상대방의 도움을 받고 그것에 대해 고마움을 표한다면, 잘못을 지적해준 사람도 그것을 기분 좋게 생각하고 다른 사람에게 그 얘기를 하면서 너에게 힘을 주라고 부탁해줄 것이다. 그렇게 하면 많은 사람이 친근감을 가지고 네 무례한 행동이나 부적절한 언동을 지적해줄 것이다. 그리고 너는 몸과 마음이 서서히 자유로워지고, 대화를 나누는 상대나 함께 있는 사람에 따라 마치 카멜레온처럼 행동을 자유자재로 바꿀 줄 아는 능력도 갖게 될 것이다.

5 허영심을 발전의
원동력으로 삼아라

허영심—좀 더 부드럽게 표현하자면 남에게 칭찬을 받고자 하는 마음—은 시대를 막론하고 누구나 갖고 있는 마음일 것이다. 이 마음이 고조되어 어리석은 언동을 보이거나 범죄를 저지르는 경우도 있다. 하지만 대체로 남들에게 칭찬을 받고자 하는 마음은 자신을 향상하는 결과로 이어진다고 나는 생각한다. 물론 그러기 위해서는 그에 상응하는 분별력과 더 나아지고자 하는 의지가 필요하지만, 결과를 놓고 본다면 그런 마음은 소중하게 키워도 될 만한 좋은 성향이 아닐까 싶다.

남들에게 인정받고 싶고, 칭찬받고 싶은 마음이 없다면 우리는 무슨 일에나 무관심해지고, 아무것도 할 마음이 생기지 않게 될 것이다. 그리고 실제로 아무것도 안 하겠지. 그렇게 되면 자신이 가진 능력을 발휘하는 일도 없고, 또 실력 이하로 보이는 것에 안주하게 될 것이다. 그러나 허영심이 강한 사람은 다르다. 실력 이상으로 보이기 위해 열심히 노력한다.

나는 지금까지 너에게 아무것도 감추지 않고 얘기해왔고, 앞으로도 결점이라고 해서 숨길 생각은 추호도 없다. 그래서 미리 실토하는 것이지만, 실은 나도 남들이 약점이라고 부르는 허영심을 많이 가지고 있었다. 그러나 나는 그것을 나쁘게 생각한 적이 없다. 오히려 허영심이 있어서 다행이라고 생각하는 쪽이다. 가령 내가 남들이 좋아하는 무언가를 가지고 있다면, 그것은 허영심 덕분이라고 생각한다.

항상 일 등이 되고 싶다는 마음으로

나는 평범한 출세욕을 갖고 세상에 뛰어든 것이 아니다. 어떤 일이 있어도 사람들로부터 인정받고, 칭찬받고, 촉망받고자 하는 큰 열정을 가슴에 안고 사회에 첫발을 내딛었다. 그러기 위해서 어리석은 행동을 저지르기도 했지만, 그 이상으로 현명한 행동도 해왔다고 생각한다.

예를 들어 남자들끼리 모였을 때, 누구보다도 훌륭해지자, 적어도 그 자리에서 가장 빛나는 사람만큼 훌륭해지자고 마음먹었다. 그 생각이 나의 잠재력을 이끌어냈고, 일 등은 못 돼도 이 등, 삼 등은 될 수 있게 했다.

이윽고 나는 일종의 주목의 대상, 즉 중심적인 존재가 되었다. 일단 그렇게 되니 내가 하는 일, 행동거지 하나하나를 다들 옳다고 여기더구나. 나를 따라하는 것이 유행되었고, 나 역시 그것을 보는 것이 즐거웠다. 나는 남녀 할 것 없이 어떤 모임에나 반드시 불려 갔고, 그 자리의 분위기를 어느 정도 장악했다.

그랬기 때문에 내로라하는 가문의 여성들과 스캔들이 나기도 했다. 그리고 그 진위를 알 수 없는 소문이 진짜인 것처럼 퍼진 적도 몇 번 있었다는 사실을 고백한다.

남자들을 대할 때 나는 상대방을 만족시키기 위해 프로테우스(역주—그리스 신화에 나오는 바다의 신)처럼 변신했다. 명랑한 사람들 사이에서는 누구보다도 명랑하게, 위엄 있는 사람들 사이에서는 누구보다도 위엄 있게 행동했다. 나는 사람들이 조금이라도 호의를 보이거나 친구로서 뭔가를 해주었을 때는 결코 그냥 넘어가지 않았다. 일일이 배려하고 감사하는 것을 잊지 않았다. 그렇게 함으로써 상대는 나에게 만족했고, 또 나 역시 친해지는 계기를 만들 수 있었다. 그리하여 나는 눈 깜짝할 사이에 그 지역의 명사들을 비롯해서 여러 사람과 알게 되었다.

철학자들은 허영심을 "인간이 가진 비열한 마음"이라고 말한다. 그러나 나는 그렇게 생각하지 않는다. 허영심이 있기 때문에 현재의 나라는 인격이 완성된 것이다. 나는 그렇게 생각한다. 그리고 너도 젊은 날의 나와 같은 허영심을 가지라고 말하고 싶다. 허영심은 인간을 출세시키는 하나의 계기가 되기도 한다.

6 불가능한 일도
가능하게 하는 방법

      얼마 전, 로마에서 귀국한 사람으로부터 너만큼 로마에서 환대를 받은 사람은 없을 것이라는 말을 듣고 매우 기뻤다. 파리에서도 분명 환대를 받고 있으리라 믿는다. 파리 사람들은 외지에서 온 사람들, 특히 예의 바르고 마음씨 따뜻한 사람에게는 친절하게 대해준다. 그렇다고 마냥 받기만 하지 말고 너도 답례를 해라. 그들 역시 자기 나라가 사랑받고 있고, 자신들의 태도나 관습이 호감을 사고 있다고 느끼면 기쁠 것이다.

  일부러 입 밖에 내어 말하라고는 하지 않겠다. 그것도 나쁘진 않겠지만, 그런 마음은 태도만으로도 충분히 전해지는 법이다. 파리에서 환대를 받았다면 그 정도 보답은 해도 좋지 않을까 생각하는데, 네 생각은 어떠냐? 내가 만약 아프리카에 가서 좋은 대접을 받았다면, 상대가 누가 됐든 그 정도 감사의 뜻은 보일 것이다.

끈기를 가져라

네가 파리에서 정착할 수 있도록 모든 것을 준비해놓았다. 기숙사에도 곧 들어갈 수 있게끔 해두었다. 너는 이 점에 대해서 감사해야한다. 적어도 반년 동안 기숙사에서 생활할 수 있다는 것이 어떤 의미인지를 잘 생각해보렴. 우선 호텔에 머물게 되면 아무리 궂은 날씨라도 매일 학교까지 통학해야 한다. 또 시간도 낭비하게 된다.

그러나 중요한 건 그런 것이 아니다. 기숙사에 살고 있으면 파리의 상류사회 젊은이들과 가까이 알고 지낼 수 있다. 너도 언젠가는 파리 사교계의 일원으로 환영받겠지. 이렇게 좋은 조건을 갖춘 영국인은 내가 알기론 네가 처음일 게다. 게다가 그 때문에 드는 비용도 얼마 안 되니, 내 주머니 사정에도 도움이 될 것이다. 그것에 대해서는 쓸데없는 걱정은 하지 않아도 된다.

그보다도 너는 프랑스어를 완벽하다고 할 정도로 잘하니까 금세 프랑스 사회에 익숙해질 테고, 지금까지 파리에서 생활한 그 누구보다도 충실한 나날을 보낼 수 있을 것이다. 이제 더 바랄 나위 없지 않겠느냐?

안타깝게도 프랑스에 나가 있는 영국인 청년의 대부분이 프랑스어를 잘하지 못한다. 그뿐이라면 다행이지만, 사람들과 접하는 방법도 모르는 채 떠났기 때문에 그들은 자기 의사 표현에도 능숙하지 않다. 그러니 프랑스 사회에서 인식이 좋지 않게 된다.

결국 겁쟁이가 되는 것이다. 겁쟁이가 되어서는 안 된다. 상대가 남자든 여자든 소심하고 자신 없는 모습을 보이면, 나보다 한 수 아래인 사람도 나를 무시하려 든다. 무슨 일을 하든 일단 못 한다고 생각하면 할 수 있는 일도 그르치고 만다. '까짓 것 한번 해보지 뭐'라고 생각하고 노력하며, 스스로 '할 수 있다'고 되뇐다면, 어떻게든 되는 법이다.

너도 여기저기서 보았겠지? 인간적으로 특별히 뛰어난 것도 아니고, 교양이 있는 것도 아닌데 쾌활하고, 적극적이고, 끈기가 있는 것만으로 두각을 나타내는 사람들 말이다. 그런 사람들은 남자에게나 여자에게나 거부당하는 일이 없다. 아무리 큰 어려움이 닥쳐도 꺾이지 않는다. 두세 번 넘어져도 다시 일어나 돌진하고, 그래서 최종적으로는 십중팔구 그 뜻을 이루게 된다. 훌륭하다고 생각하지 않느냐?

너도 이것을 본받았으면 좋겠다. 네 인격과 교양이라면 훨씬 빨리, 그리고 확실하게 목표에 도달할 수 있을 것이다. 네게는 낙천적이 되어도 좋을 이유, 즉 자질과 일어날 수 있는 힘이 있다.

중요한 것은 도전하는 힘이다

사회생활에서는 재능이 가장 중요한 요건이지만, 더불어 자신의 생각을 분명히 갖고 그것을 남들 앞에서 불필요하게 드러내지 않으며, 확고한 의지와 함께 불굴의 끈기를 갖춘다면 아무것도 두려워할 게 없다. 일부러 불가능한 것에 도전할 필요는 없지만 가능성이 있는 경우, 수단과 방법을 가리지 않고 도전한다면 그 뒤에 반드시 성과가 따라온다. 한 가지 방법이 안 된다면 또 다른 방법을 시험해보고, 자신에게 맞는 방법을 찾아내면 된다.

역사를 조금 거슬러 올라가 생각해보면, 굳센 의지와 끈기 덕분에 마음먹은 대로 일을 처리해낸 사람이 꽤 많다는 사실을 알게 될 것이다. 예를 들어 마자랭 추기경과 거듭 협상한 끝에 피레네조약을 체결한 돈 루이 드 알로 재무 장관이 그렇다. 그는 타고난 냉정함과 끈기로 협상을 유리하게 이끌어갔고, 중요한 부분에서는 한 치의 양보도 없이 합의를 이루어냈다.

마자랭 추기경은 이탈리아인의 쾌활함과 성급함으로 똘똘 뭉친 인물이다. 한편 돈 루이 드 알로 재무 장관은 스페인 사람 특유의 냉정함과 침착함, 인내력을 겸비한 인물이다. 협상 테이블에 앉은 마자랭 추기경의 최대 목표는 파리에 있는 숙적 콩데 공이 다시는 반란을 일으키지 않도록 저지하는 것이었다. 그래서 조약 체결을 빨리 해치우고 서둘러 파리로 돌아가려고 했다. 파리를 비워두면 무슨 일이 생길지 모르니까.

돈 루이 드 알로 재무 장관은 그것을 꿰뚫어 보고 협상을 할 때마다 콩데 공 얘기를 꺼내는 것을 잊지 않았다. 덕분에 마자랭 추기경은 한때 협상 테이블에 앉는 것조차 거부했다. 결국 시종일관 냉정함을 유지한 돈 루이 드 알로 재무 장관이 마자랭 추기경과 프랑스 왕조의 의향 및 이익에 반해, 조약을 유리하게 체결하는 데 성공했다.

중요한 것은 불가능과 가능을 판별하는 힘이다. 단순히 어렵기만 한 일인 경우, 그것을 관철하는 정신력과 끈기만 있으면 어떻게든 해낼 수 있다. 물론 그 전에 주의가 깊고 집중력이 뛰어나야 한다는 것은 두말할 필요도 없다.

인간관계를 잘 맺어라 7장

1 상대방을 기분 좋게 하는 인간관계의 원칙

　　앞에서 어떤 사람과 사귀어야 할 것인가에 대해 언급했는데, 오늘은 그 사람들과 교제하는 데 있어서 어떤 행동을 취하면 좋은가에 대해 몇 마디 하려고 한다. 오랜 경험과 관찰을 바탕으로 얘기하는 것이니, 도움이 될 것이다.

　　무엇보다 먼저 말하고 싶은 것은, 아무리 훌륭한 사람들과 깊은 우정을 나눈다 해도 너에게 상대방을 기쁘게 하고자 하는 마음이 없으면 아무 소용이 없다는 것이다.

　　너는 언젠가 스위스를 여행하고 있을 때, 사람들이 친절하게 대해 줘서 기분이 좋았다고 편지에 쓴 적이 있다. 그때 나는 친절을 베풀어주신 분들께 일일이 답례의 편지를 쓰면서 너에게도 이런 내용의 편지를 쓴 것으로 생각하는데, 기억하고 있는지 모르겠다.

　　"너에게 친절을 베풀고 신경을 써준 것이 그렇게 좋았다면, 너도 상대방에게 그만큼 신경을 쓰도록 해라. 네가 신경을 써서 친절을 베풀면, 베푼 만큼 상대방도 좋아할 것이다."

이것이 사람을 대할 때 가져야 할 기본적인 자세가 아닐까? 누구든 사랑하는 사람이나 가까운 친구에 대해서는 상대를 배려하고, 기쁨을 주고 싶어한다. 그리고 이러한 마음이 없다면, 진정으로 상대를 기쁘게 할 수 없다. 사람을 대할 때의 원칙이란, 바로 남을 생각하는 마음이다. 그 마음이 바탕에 깔려 있으면 어떤 언동을 취해야할 것인가는 자연히 알게 된다.

상대방을 기쁘게 해주려는 마음은 누구나 갖고 있다. 하지만 사람을 대하는 데 있어서, 실제로 누군가를 기쁘게 하는 방법을 알고 있는 사람은 별로 없다. 그러니 이것만큼은 꼭 알아두었으면 한다. 여기에 특별한 법칙이 있는 것은 아니다. 다만 한 가지, 내가 말할 수 있는 것은 자신이 좋다고 느끼는 것을 타인에게도 해주라는 것이다. 잘 생각해보면 알 수 있을 것이다. 네가 어떤 대접을 받았을 때 기뻤는지를 생각하고, 그때처럼 하면 된다. 상대방도 틀림없이 좋아할 것이다. 그런데 실제로 상대를 배려하면서 원만한 관계를 유지하기 위해서는 무엇을 조심해야 할까?

혼자만의 대화를 즐기지 마라

우선, 대화를 나누는 데 있어서 얘기를 잘하는 것도 좋지만 혼자서 쉴 새 없이 떠들어대는 것은 좋지 않다. 만약 오랜 시간 이야기해야 한다면, 적어도 듣고 있는 사람이 지루하지 않게, 가능하다면 즐거운 마음으로 들을 수 있도록 신경을 써라. 하지만 그것도 부득이한 경우에만 그렇게 하라는 것이다. 본래 대화라는 것은 혼자서 독점하는 것이 아니다. 너 혼자서 모두의 몫을 챙길 필요는 없다. 특히 각각 자신의 몫을 지불할 능력이 있는 경우라면 너는 네 몫만 지불하면 된다.

혼자서 쉬지 않고 떠들어대는 사람을 종종 볼 수 있는데, 그런 사람은 대부분 그 자리에 있는 누군가 한 명, 대개의 경우는 제일 말수가 적은 사람을 붙잡고 약간 낮은 소리로 속삭이면서 줄줄이 말을 이어간다. 이 얼마나 예의에 어긋나는 행동인가. 또 떳떳한 태도라고도 할 수 없다. 대화라는 것은 함께 만들어나가는 모두의 것이니 말이다.

하지만 반대로, 네가 그런 몰지각한 사람에게 붙들려서 참을 수밖에 없는 상황이라면 어쩔 수 없다. 적어도 표면상으로는 상대에게 주의를 기울이는 척하면서 가만히 참아야 한다. 드러내놓고 거부해서는 안 된다. 그 사람에게는 자기에게 귀를 기울여주는 것만큼 기쁜 일은 없을 것이다. 이야기하는 도중에 등을 돌린다든지 괴로운 표정을 짓는 것만큼 굴욕적인 일은 없다.

주위의 분위기에 맞춰라

대화의 내용에 있어서는 가능하면 같이 있는 사람들의 흥미를 끌면서도 도움이 될 만한 것을 화제에 올리면 된다. 역사나 문학, 다른 나라에 관한 이야기는 상투적인 날씨 얘기나 유행, 하찮은 소문 따위보다 훨씬 도움이 되고 즐거울 것이다. 가볍고도 재미난 얘기가 필요할 때도 있다. 내용은 실상 아무 도움도 안 되지만, 여러 계층의 사람이 모였을 때에는 공감대를 형성할 수 있는 가장 적당한 화제라고 할 수 있다.

그리고 협상을 하면서 더 지연되면 분위기가 험악해질 우려가 있을 때, 가벼운 화제는 무거운 분위기를 단번에 바꿔준다. 그럴 때에 재미있는 이야기를 꺼내는 것은 부끄러운 일이 아니다. 넌지시 음식이나 와인의 향기, 혹은 제조법에 관한 이야기로 화제를 돌리는 것이다. 꽤 세련된 방법이라고 생각하지 않느냐?

상대에 따라서 화제를 바꿔야 한다는 것을 새삼 언급할 필요는 없을 것이다. 누가 가르쳐주지 않았다고 해서 항상 같은 화제를 같은 태도로 꺼낼 만큼 바보는 아닐 테니까. 정치가에게는 정치가에게 적합한, 철학자에게는 철학자에게 적합한 화제가 있다. 물론 여성에게는 여성에게 적합한 화젯거리가 있다.

인생 경험이 풍부한 사람이라면 잘 알고 있을 것이다. 그들은 상대에 맞춰서 카멜레온처럼 자유자재로 빛깔을 바꾸고 화제를 선택

한다. 이러한 태도는 결코 나쁘거나 천박한 것이 아니다. 말하자면 인간관계에 있어서 없어서는 안 될 윤활유와 같은 것이라고 할 수 있다.

자신이 그 장소의 분위기를 만들 필요는 없다. 단지 현장 분위기에 자기가 맞추면 된다. 주위의 분위기를 파악하면서 때로는 진지하게, 때로는 재미있게, 또 필요하다면 농담을 던지는 것도 좋다. 이것은 여러 사람과 자리를 같이했을 때 갖춰야 할 일종의 에티켓과도 같은 것이다.

자신에게 좋은 면이 있다면, 일부러 얘기하지 않아도 그것은 자연스럽게 대화 속에서 배어 나오게 되어 있다. 반대로 자신할 만한 것이 없다면, 일부러 나서서 화제를 고르기보다 상대방의 시시한 이야기라도 잠자코 듣고 있는 편이 낫다.

가능한 피해야 할 것은 의견이 대립될 만한 이야기를 하는 것인데, 그대로 나아가면 결국 의견 충돌이 심해져 분위기가 험악해질 우려가 있기 때문이다. 논쟁이 격해질 것 같으면 적당히 화제를 돌리는 기지를 발휘해서 이야기에 종지부를 찍는 것도 중요하다.

자기 얘기만 해서는 안 된다

무슨 일이 있어도 삼가야 할 것은 자기의 얘기를 꺼내는 것이다.

이것은 반드시 피하도록 해라. 아무리 훌륭한 사람이라도 자기 얘기를 하게 되면, 현란한 가면을 뒤집어쓴 허영심이나 자존심이 자연히 고개를 들 것이고, 같이 있는 사람들에게 불쾌감을 줄 수 있다.

자기 얘기에도 여러 가지가 있다. 느닷없이 대화의 흐름과는 관계 없는 얘기를 불쑥 꺼내서 결국은 자기 자랑으로 끝을 맺는 사람이 있는데, 이것은 큰 실례다. 더 교묘하게 자기를 과시하는 사람도 있다. 예를 들어 까닭 없는 비난에 부당한 취급을 받고 있는 듯(단지 본인의 생각일 뿐이지만) 불만을 토로한 후, 자신을 정당화하기 위해 온갖 장점을 늘어놓으며 결국은 자기 자랑을 하는 것이다.

그들은 말한다.

"이런 말을 하는 게 이상해 보이겠지요? 저 역시 하고 싶지 않습니다. 웬만하면 이러지 않았을 겁니다. 하지만 그건 너무 심해요. 저도 알지 못하는 일로 이렇게 심한 비난을 받지만 않았어도 이런 얘기는 절대 꺼내지 않았을 겁니다."

물론 자신을 변호하고 싶은 마음은 누구에게나 있다. 때문에 비난을 받았을 때 혐의를 벗기 위해서 평상시에 하지 않았던 말을 하는 것이라면, 이해할 수도 있다. 그러나 그렇다면 이 얼마나 얄팍한 생각인가! 허영심을 위해서 염치를 팽개쳐 버리다니! 부끄러움 따윈 어디에서도 찾아볼 수 없고, 속이 뻔히 들여다보이는 꼴이다.

같은 이야기를 해도 좀 더 음험하게 자신을 비하하는 방법을 취하는 사람도 있다. 이것은 더 어리석은 짓이다. 그들은 우선 "나는 약한 인간"이라고 고백하고, 다음에는 자기의 불행을 한탄하며 기독교의 일곱 가지 덕목에 맹세하는 것이다(하긴 이렇게 하면서도 좀 부끄러워하거나 주저하는 모습을 보이기도 한다).

이런 사람들은 그런 식으로 불행을 한탄해도 주위 사람들이 동정하거나 힘이 되어주기는커녕, 단지 당황해할 것이라는 것을 모른다. 본인들이 은근히 암시하는 대로, 그들에게는 힘이 부족한 것이다. 때문에 어떻게 해줄 수가 없다. 주위 사람들은 난처할 수밖에 없는 것이다.

그런데 거기까지 생각이 미치지 않는 우둔한 자들은 바보 같은 짓이라는 것을 알고 있으면서도 불평을 늘어놓는다. 그들도 분명히 알고는 있다. 본인들처럼 결점투성이인 인간은 성공은 고사하고 사회에서 순탄하게 살아가는 것조차 어렵다는 것을. 그러나 그렇다고 해서 쉽게 고칠 수 있는 문제도 아니다. 그래서 있는 힘껏 최후의 몸부림, 최후의 저항을 하고 있는 것이다. 이런 일이 있을까 싶겠지만, 이것은 사실이다. 너도 때로 이런 부류의 사람과 마주칠 일이 있을 테니 주의해서 잘 관찰해보도록 해라.

자기 자랑으로 인정받는 사람은 없다

그러나 이런 식으로 허영심이나 자존심을 표면에 드러내지 않는

166

것은 그나마 괜찮은 편이고, 심한 경우에는 그야말로 하찮은 것까지 끄집어내서 노골적으로 자기 자랑을 늘어놓는 사람도 있다. 너도 본적이 있을 것이다. 오로지 칭찬을 듣고 싶은 마음 하나로 자기를 과시하려는 사람들을. 그러나 설사 그들의 얘기가 사실이라 해도(그런 일은 거의 없지만), 그것 때문에 실제로 칭찬받는 일은 없다.

개중에는 자신과 별 관계도 없으면서 "나는 그 유명한 아무개의 후손이다, 친척이다, 혹은 가까운 사이다" 하며 자랑스럽게 떠벌리는 사람도 있다. 또 그들은 "저의 할아버지는 이런 분입니다, 삼촌은 누구누구고, 친구는 누구입니다" 하고 계속 지껄여댄다. 아마 제대로 만난 적도 없는 사람들일 게 뻔하다. 하지만 뭐 그렇다면 그것으로 좋다. 그러나 그것이 사실이라 한들, 무엇이 달라진단 말인가. 그렇다고 해서 그가 대단한 인물이 되는가? 그렇지 않다.

혹은 혼자서 와인 대여섯 병을 깨끗이 비웠다고 자랑스럽게 말하는 사람도 있다. 그런 사람을 위해서 감히 말하건대, 그것은 거짓이다. 그렇지 않으면 그는 괴물일 것이다.

이런 식으로 예를 들자면 끝이 없을 정도로 우리 인간들은 허영심을 채우기 위해 어리석은 거짓말을 하거나, 허풍을 떨고 있다. 그리고 이로 인해 본래의 목적을 이루기는커녕, 오히려 평판을 깎아내리고 있다.

본질과는 아무 상관없는 것을 끌어내서 자랑하는 것은 실속이 없다는 것을 스스로 고백하는 것과 같은 것이다.

장점은 침묵하고 있어도 빛난다

이러한 어리석은 실수를 저지르지 않기 위한 유일한 방법은 자기 애기를 하지 않는 것이다. 경력 등 어쩔 수 없이 자기 애기를 해야 하는 상황에서도 자기 자랑을 한다는 느낌을 주는 말은 직접적이든 간접적이든 일체 삼가는 것이 좋다.

인격이라는 것은 선악에 관계없이 언젠가는 알려지는 법이다. 그러니 일부러 말할 필요는 없다. 그것을 말로 하면 오히려 좀처럼 믿음이 가지 않는 법이다. 본인의 입으로 말하면 결점은 감추어지고 장점은 더욱 빛날 것이라는 생각은 착각에 지나지 않는다. 그런 짓을 하면 결점은 더욱 눈에 띄고, 장점은 빛을 바래게 된다.

이와는 반대로 아무 말도 하지 않고 잠자코 있으면 오히려 점잖게 보여 고상하다는 느낌을 줄 수 있다. 게다가 쓸데없이 질투받는 일도 없고, 비난이나 조소로 인해 정당한 평가를 해치는 일도 없다. 그러나 아무리 잘난 점이 있어도 스스로 그것을 말해버리면, 주위 사람의 반감을 사서 생각지도 않은 난처한 결과를 초래하게 된다. 그런 일을 당하지 않기 위해서는 자기 애기를 하지 않는 것이 현명한 태도다.

2 태도에 무게를 실어라

　　무슨 생각을 하고 있는지 도통 알 수 없는 사람이나 성격이 아주 어두워 보이는 사람이 있는데, 그것도 결코 칭찬받을 만한 일은 아니다. 우선 느낌이 좋지 않고, 공연한 의심을 사기 쉽다. 게다가 속으로 무슨 생각을 하고 있는지 알 수 없는 사람에게는 아무도 자신의 속마음을 털어놓으려고 하지 않는다.

　능력 있는 사람은 내면은 신중해도 그것을 겉으로 드러내지 않고, 외면으로는 누구든 곧 마음을 터놓을 수 있도록 싹싹하고 현명하게 행동한다. 자신의 내면을 지키면서도 마음이 열려 있는 것처럼 보이면 상대의 경계는 풀려버린다. 그렇다면 왜 내면을 수비해야 할까? 쓸데없이 무엇이든 다 얘기해버리면 대부분의 경우, 아무 데나 인용되고 제멋대로 사용되기 때문이다. 그러므로 신중한 태도는 싹싹한 행동 못지않게 중요하다.

상대방의 말은 귀가 아닌 눈으로 들어라

　애기를 할 때는 언제나 상대방의 눈을 보아라. 그렇게 하지 않으면 뭔가 수상쩍다는 의심을 받기 쉽다. 또 대화를 나눌 때 상대방의 눈을 보지 않는 것처럼 큰 실례는 없다. 딴청을 부리듯이 천장을 응시하거나 창밖을 바라보거나 수첩을 만지작거리는 것은, 대화를 나누는 사람보다 그런 것들이 더 중요하다고 공개적으로 말하는 것과 같은 것이다. 그런 행동을 할 경우, 상대가 조금이라도 자존심이 있는 사람이라면 당연히 화를 내고 불쾌감에 얼굴을 찌푸릴 것이다. 되풀이해 말하건대, 이런 취급을 받고 자존심이 상하지 않을 사람은 없다.

　대화를 할 때 상대의 눈을 보지 않는 것은 나쁜 인상을 줄 뿐만 아니라, 이쪽의 애기가 저쪽에게 어떻게 받아들여지고 있는지를 관찰할 기회마저 놓쳐버리는 것이라고 할 수 있다. 나는 항상 상대의 마음을 읽기 위해서는 귀보다 눈에 의지하는 것이 좋다고 생각한다. 마음에도 없는 말을 내뱉는 것은 간단하지만, 눈으로 나타내는 것은 지극히 어렵기 때문이다.

남을 헐뜯지 마라

다음에 당부하고 싶은 말은 타인의 추문에 귀를 기울이거나 함부로 소문을 퍼뜨리지 말라는 것이다. 당장은 재미있을지 모르지만 냉정하게 생각해봐라. 그런 짓을 한들 네게 무슨 득이 있겠느냐? 근거 없이 남을 헐뜯으면 결국엔 헐뜯은 쪽이 비난받는다.

웃음에도 품위라는 것이 있다

볼품없이 지나치게 큰 소리로 웃는 것도 좋지 않다. 큰 소리로 웃는 것은 하찮은 일에서밖에 기쁨을 찾지 못하는 아둔한 자들이나 하는 짓이다. 기지가 넘치고 분별력 있는 사람은 사람을 천박하게 웃기지도 않을뿐더러, 자신도 천박하게 웃지 않는다. 웃더라도 될 수 있는 한 소리를 줄이고 미소만 지을 뿐이다.

너도 절대로 보기 싫게 박장대소하는 천박한 짓을 해서는 안 된다. 툭하면 껄껄대고 웃는 것은 자신이 바보라는 것을 증명하는 것과 같다. 가령 누군가가 의자에 앉으려고 하다가 의자가 없어서 그만 엉덩방아를 찧었다고 하자. 그러면 일제히 폭소가 터진다. 이 얼마나 저속한 웃음이냐? 그런데 사람들은 그것이 재미있다고 한다. 천한 장난질이나 시시한 일을 보고 깔깔거리는 하찮은 즐거움 외에,

마음이 풍요로워지고 표정이 밝아지는 그런 즐거움을 모르는 것이다. 게다가 그렇게 큰 소리로 웃어대면 귀에 거슬리고 보기에도 좋지 않다.

바보같이 크게 웃는 것은 마음만 먹으면 약간의 노력으로 고칠 수 있다. 이러한 노력을 하지 않는 이유는, 사람들 사이에서 웃음이란 무조건 밝고 즐겁고 좋은 것이라는 고정관념이 있기 때문이다. 그래서 그것이 어리석은 짓이라는 것을 깨닫지 못하고 있는 것이다.

사소한 버릇이 품격을 깎아내린다

웃음에 대해 한마디 더 하겠다. 내가 아는 사람 중에 얘기를 하면서 쓸데없이 웃는 사람이 있다. 와라라는 사람인데, 그는 인격으로 말할 것 같으면 훌륭하기 그지없지만, 이상하게도 항상 실실 웃으면서 얘기한다. 그래서 모르는 사람이 보면 처음에는 머리가 좀 이상한 것이 아니냐고들 생각하는데, 그런 생각이 드는 것도 무리가 아니다. 그 사람은 이것 말고도 좋지 않은 버릇을 많이 갖고 있다. 처음 사회에 진출했을 때, 어떤 자세로 있어야 할지 멋쩍고 어색해서 무심코 취한 동작이 그대로 몸에 굳어버린 것은 아닐까 싶다.

처음 사회에 나올 때는 어떻게 처신해야 좋을지 몰라서 다양한 표정을 지어보기도 하고 여러 가지 동작을 시도해보기도 한다. 그런데 그것이 언제부턴가 버릇이 되어, 지금도 코에 손을 댄다든지 머리를 긁적인다든지 모자를 만지작거리는 것이다.

왠지 모르게 어색하거나 안정감이 없는 사람은 어딘가에 그런 버릇이 남아 있는 법이다. 물론 이런 사람은 많이 있다. 그러나 그렇다고 해서 괜찮다는 것은 아니다. 나쁜 짓은 아니지만 보기에 좋지 않은 행동은 가능한 빨리 고치는 것이 좋다.

3 모임에서 성공적으로 어울리는 비결

특정한 유머나 농담은 한 집단 내에서만 통용되는 일이 많다. 그러한 것은 특수한 토양에서 생겨나는 것이기 때문이다. 따라서 다른 토양에 이식하려고 하면 무리를 초래하는 경우가 많다.

어떤 조직이든 그 조직 특유의 배경이라는 것이 있다. 거기에서 독특한 은어가 생겨나고, 나아가 독특한 유머나 농담으로 발전하게 된다. 그것을 토양이 다른 그룹으로 가져가면, 무미건조하고 아무런 재미도 느껴지지 않는다. 당연하다.

썰렁한 농담만큼 비참한 것은 없다. 자리는 흥이 깨지고, 심지어는 어디쯤에서 웃어야 하는지 설명해달라는 말까지 나오게 된다. 그럴 때의 비참한 기분을 굳이 여기에 적을 필요는 없을 것이다.

비단 농담뿐만이 아니다. 어떤 모임에서 들은 것을 다른 모임에 가서 경솔하게 입에 담는 것은 삼가야 한다. 대단하지 않은 것이라고 해도 말이란 것은 돌고 돌아, 상상 이상으로 부풀어 심각한 사태를 초래할 수도 있기 때문이다. 더구나 그런 짓을 하는 것은 예의에 어긋나는 것이다. 정해진 규칙이 있는 것은 아니지만, 어디선가 주위들은 대화 내용을 제멋대로 입 밖에 내지 않는다는 것은 무언의 약속과도 같은 것이다. 이것을 무시한다면 어떤 모임에서도 비난을 받기 마련이고, 어디를 가든 환영받지 못한다.

호인은 큰 인물이 될 수 없다

어느 그룹에든 이른바 "사람 좋다"라는 말을 듣는 인물이 있다. 즉 호인이라는 이유만으로 어떤 무리에라도 낄 수 있는 사람 말이다. 그들을 잘 관찰해보면 별다른 장점이 없고, 자신의 의견이나 의지도 없는 경우가 많다.

그들은 친구들이 한 말이나 한 일에 대해 무엇이든지 간단하게 동의해버리고 양보하며 소리 높여 칭찬한다. 대부분의 친구들이 동의했다는 것만으로, 아무리 잘못된 일이라도 흔쾌히 받아들인다. 어째서 그런 바보 같은 짓을 하는 것일까? 그것은 달리 내세울 것이 없기 때문이다. 이런 사람은 절대로 큰 인물이 되지 못한다.

너는 제대로 된 이유로 그룹의 일원으로 들어갈 수 있도록 노력해주기 바란다. 그러기 위해서는 자신의 확고한 의지와 생각을 가지고 있으면서 그것을 쉽게 바꾸지 않는 것이 중요하다. 단, 생각을 표현할 때는 예의 바르게, 가능한 유머 감각을 잃지 말고, 또 품위를 지켜야 한다. 네 나이에는 위압적으로 잘못을 지적한다든지 비난조의 말을 하는 것은 아직 이르다.

이른바 '사람 좋게' 보이려는 아첨이 아니라면, 누구를 만나든 붙임성 있게 대하는 것 자체는 비난할 성질의 것이 아니다. 오히려 원만한 인간관계를 유지하는 데 없어서는 안 될 중요한 요건이라고 할 수 있다.

예를 들어 약간의 결점은 못 본 척 넘어가고, 눈에 거슬리는 언동도 눈감아준다. 또 때에 따라서는 일정한 범위 내에서 적극적으로 칭찬하는 것도 필요하다. 이러한 행동이 친절로 받아들여지는 경우도 있다. 누구든 치켜세워 주면 기분 좋은 법이고, 또 그렇게 하지 않았을 때 실망하는 사람도 있게 마련이다.

남을 칭찬하는 것도 전략이다

어떤 그룹에도 그룹 내의 언동이나 옷차림, 취미, 교양을 좌우하는 인물이 있다. 여자라면 필시 미모와 재치, 옷차림, 그 외 모든 면에서 걸출한 인물일 것이다. 남자도 이와 비슷하지만, 남자의 경우에는 그날의 분위기를 잘 띄웠는가 하는 것보다는, 더 근본적인 부분에서 그룹 전체를 이끌어갈 수 있는 인물인가 하는 것에 무게가 실리게 된다. 대중의 눈이 이런 사람에게 쏠리는 것은 자연스러운 현상이다. 일종의 권위가 느껴지는 것이다.

이것을 거역하면 어떻게 될까? 즉시 추방이다. 어떠한 재치나 예의, 취미, 옷차림도 그 자리에서 거절당한다. 때문에 그런 사람에 대해서는 순순히 추종하는 수밖에 없다. 약간의 칭찬, 아니 아첨도 좋다. 그렇게 하면 강력한 추천장을 얻은 것과 마찬가지로 그룹 내에서뿐만 아니라, 널리 사교계를 자유롭게 출입할 수 있는 출입증을 손에 넣을 수 있다.

4 항상 상대를 배려해라

남을 화나게 하기보다 기쁘게 하고 싶고, 험담을 듣기보다 칭찬을 받고 싶으며, 미움보다 사랑을 받고 싶다면, 항상 상대를 배려하는 마음을 잊어서는 안 된다. 이것은 별로 어려운 일이 아니다. 그저 조금만 신경을 쓰면 된다.

사람에게는 각자 약간의 버릇이라든지 취미, 사물에 대한 기호가 있다. 그것을 잘 관찰해라. 그리고 그가 좋아하는 것을 앞에 내놓고, 싫어하는 것은 제외하도록 해라. 예를 들면 "당신이 좋아하는 와인을 준비해두었습니다"라는 말 한마디로 족하다. 혹은 "그분을 별로 좋아하시지 않는 것 같아서 오늘은 부르지 않았습니다"와 같은 말도 좋다. 이런 사소한 배려가 상대방의 마음을 열게 하고, 자신에게 이렇게 신경을 써주는가 싶어 감동을 불러일으킨다.

반대로 싫어하는 것을 알고 있으면서도 부주의하게 그것을 내놓는다면, 결과는 자명하다. 당사자는 바보 취급을 당했다고 여기고,

대접이 소홀했다는 생각에 언제까지나 좋지 않은 감정을 품게 될 것이다. 아주 사소한 것이라도 좋다. 작은 것이면 작은 것일수록 특별한 배려를 느끼고, 대단한 대접을 받은 것보다 더 감격해하는 법이다.

너도 경험이 있을 것이다. 아주 사소한 배려가 얼마만큼 사람의 마음을 감동시키는지, 인간이라면 누구나 갖고 있는 허영심이 그것으로 얼마만큼 만족되는지 말이다. 뿐만 아니라 배려를 받은 사람은 단지 그 정도의 일로 배려해준 그 사람에게 계속 호감을 갖고, 그 사람이 하는 일은 무엇이든 호의적으로 받아들이게 된다. 인간이란 그런 것이다.

상대가 칭찬받고 싶어하는 부분을 칭찬해줘라

누군가의 마음에 들고 싶거나 특정한 사람과 친구가 되고자 할 때는, 그 사람의 장점과 단점을 철저하게 파악하여 당사자가 칭찬받고 싶어하는 것을 칭찬해주는 방법도 있다. 사람에게는 실제로 뛰어난 부분과, 뛰어나다고 인정받고 싶은 부분이 있다. 뛰어난 면을 알아주는 것은 기쁘지만, 그 이상으로 기쁜 것은 뛰어나다고 생각해주었으면 하는 면을 칭찬받는 것이다. 그것만큼 자존심이 충족되는 것은 없다.

당시의 정치가로서(아니, 지금까지의 정치가 중에서라고 해도 좋을 것이다) 뛰어난 재능을 가진 리슐리외 추기경의 일을 상기했으면 한다.

그는 정치가로서의 명성에 만족하지 않고, 시인으로서도 누구보다 뛰어나다는 평가를 받고 싶다는 허영심을 갖고 있었기 때문에, 위대한 극작가 코르네유의 명성에 질투하여, 다른 사람을 시켜 일부러 「르 시드」를 혹평하는 글을 쓰게 했다고 한다. 이것을 본 주위의 아첨꾼들은 리슐리외의 정치 수완에 대해서는 거의 언급하지 않고, 언급한다 해도 극히 형식적인 범위에 그치면서, 시인으로서의 그의 재능을 극찬했다. 그들은 그렇게 하는 것이 점수를 딸 수 있는 가장 좋은 방법이라는 것을 알고 있었다. 리슐리외가 정치 수완에는 자신이 있어도 시인으로서는 자신이 없었기 때문이다.

어떤 사람이라도 칭찬받고 싶어하는 부분이 있는데 그것을 발견하기 위해서는 유심히 관찰하는 것이 가장 중요하다. 그 사람이 즐겨 화제로 삼는 것을 유심히 관찰하면 된다. 대부분은 자신이 칭찬받고 싶은 것, 뛰어나다고 인정받고 싶은 것을 가장 많이 화제에 올리는 법이다. 그것이 급소다. 그것을 찌르면 상대의 마음을 잡을 수 있다.

보고도 못 본 척해라

하지만 오해는 하지 마라. 나는 비열하게 아첨을 해서 상대를 조종하라는 것이 아니다. 상대의 결점이나 좋지 않은 면까지 칭찬할 필요는 없다. 또 그런 것들은 칭찬해서도 안 된다. 당연히 배격하고, 좋지 않다고 비판할 줄도 알아야 한다. 하지만 생각해봐라. 인간의 결점이라든지, 어리석고 분별없는 허영심에 적당히 눈을 감지 않고 어떻게 이 세상을 살아갈 수 있겠느냐?

누군가가 자신이 실제보다 똑똑하고 예쁘게 보였으면 하고 바란다고 해서 타인에게 해가 되는 것은 아니다. 천진난만하지 않은가? 그런 사람에게 "그런 생각은 잘못됐다"라고 말해도 소용없다. 나라면 일부러 지적해서 기분을 상하게 하느니, 마음에 없더라도 조금 치켜세워 주면서 원만한 관계를 유지하도록 하겠다.

상대방에게 장점이 있으면 너도 흔쾌히 찬사를 보낼 수 있을 것이다. 하지만 마음에 내키지 않는 일이라도 그 사회가 인정하고 있는 것이라면, 눈 딱 감고 동조하는 편이 나을 때가 있다.

너는 남을 칭찬하는 것에 별로 익숙하지 않은 것 같은데, 그것은 인간이 얼마나 자신의 생각이나 취미를 인정받기 바라고, 나아가서는 분명하게 틀린 생각이나 자신의 작은 결점까지도 너그럽게 봐주기를 바라는지 아직 잘 모르기 때문이다.

우리는 자신의 생각뿐만 아니라, 버릇이나 옷차림과 같은 하찮은 것까지도 트집을 잡히면 상처를 받고, 반대로 인정을 받으면 크게 기뻐한다. 내게 재미있는 일화가 하나 있다.

악명 높은 찰스 2세 통치 시대의 이야기다. 당시 대법관이었던 새프츠베리 백작은 장관으로서만이 아니라, 개인적으로도 왕의 마음에 들고 싶어했다. 왕이 여자를 밝힌다는 것을 알고 있었던 새프츠베리 백작은 한 가지 계략을 짜내어 자신도 정부를 만들었다(실제로 그가 그 여자를 가까이한 적은 없다). 이 소문을 들은 왕은 새프츠베리 백작에게 그것이 사실이냐고 물었다. 백작은 "정말입니다. 그 여자 말고도 몇 명 더 만들어놓았지요. 변화를 가질 수 있어 좋으니까요" 라고 대답했다.

며칠이 지나 일반 접견식에서 왕은 멀리서 새프츠베리 백작을 발견하고 주위 사람들에게 이렇게 말했다.

"보아라, 믿기 어렵겠지만 저쪽에 보이는 저 작고 마음 약한 남자가 이 나라 제일의 색한이니라."

새프츠베리 백작이 그들에게 가까이 다가오자 웃음소리는 더 커졌다.

"지금, 그대 얘기를 하고 있었다."

왕은 말했다.

"네? 저에 대해서 말입니까?"

"그렇다. 그대가 이 나라에서 제일가는 난봉꾼이라고 얘기하고 있는 중이다. 어떠냐? 내 말이 틀리느냐?"

섀프츠베리 백작은 말했다.

"아아, 그것 말입니까? 그거라면 아마 제가 최고라고 할 수 있을 겁니다."

왕이 얼마나 기뻐했을지 쉽게 상상이 갈 것이다.

사람은 각자 사물에 대해 다른 견해를 가질 수 있고, 나름대로의 행동 양식과 성격, 외모를 지니고 있다. 그러니 그것에 대해서는 이러쿵저러쿵 함부로 말하지 않는 것이 예의라고 할 수 있다. 때문에 자신과 다소 다른 점이 있어도, 그것이 나쁘거나 자신의 위신을 해치는 일이 아닌 한, 이해하고 순응하는 자세가 필요하다.

뒤에서 칭찬받는 것보다 기분 좋은 것은 없다

상대방을 가장 기분 좋게 칭찬하는 방법은, 약간 전략적이기는 하지만, 본인이 없는 곳에서 칭찬하는 것이다. 단, 뒤에서 칭찬하는 것만으로는 의미가 없고, 그것이 칭찬받는 당사자에게 확실히 전달되어야 한다.

중요한 것은 칭찬한 사실을 전달해줄 사람을 선정하는 것이다. 말을 전함으로써 전하는 사람 자신에게도 득이 되는 그런 사람을 찾아보면 된다. 그렇게 하면 확실하게 전해줄 뿐만 아니라, 어쩌면 약간 부풀려 칭찬해줄지도 모른다. 사람의 마음을 기쁘게 하는 찬사 중에서 이것만큼 효과적인 것은 없다고 해도 과언이 아니다.

지금까지 쓴 것들은 사회에 첫발을 내딛는 네가 원만한 인간관계를 이루는 데 꼭 필요한 것이라고 할 수 있다.

나도 네 나이 때에 이런 것들을 알았다면 좋았을 텐데, 하는 생각이 드는구나. 나는 이것을 터득하는 데 삼십오 년이란 세월이 걸렸다. 그러나 네가 그 열매를 거두어준다면 후회는 없을 것이다.

5 친구가 많고, 적이 적은 자가 바로 강자다

    이 세상에 적이 없는 사람은 없고, 모든 이에게 사랑받는 사람도 없다. 하지만 그렇다고 해서 사랑받기 위한 노력을 하지 않아도 된다는 말은 아니다.

    나의 오랜 경험에 비추어 말하자면, 친구가 많고 적이 적은 사람이 이 세상에서 제일 강한 사람이라고 할 수 있다. 그런 사람은 원한을 사거나, 시샘을 받거나 하는 일이 거의 없기 때문에 누구보다도 빨리 출세하고, 설사 몰락한다 하더라도 많은 사람으로부터 따뜻한 위로를 받는다.

    이렇게 보면, 친구를 늘리고 적을 줄이는 것을 목표로 삼아 항상 가슴속에 새겨두고 노력해보는 것도 가치가 있을 듯하다.

사람은 머리가 아니라 마음으로 자신을 지킨다

이미 세상을 떠난 오몬드 공작(역주—아일랜드의 정치가)의 얘기를 들어본 적이 있는지 모르겠구나. 머리가 썩 좋은 편은 아니었지만, 예의범절에 있어서는 맞설 자가 없고, 이 나라 제일의 인망을 자랑했던 사람이지. 본래 상냥한 성격인 데다, 궁정 생활과 군대 생활에서 익힌 세련된 매너와 자상함을 바탕으로 한 그의 매력은 본인의 무능력한 모습(대부분의 분야에서 무능력했다)을 충분히 보완하고도 남을 정도였다. 누구에게서도 인정을 받지 못했지만, 누구에게서나 사랑을 받았다.

그의 인품이 어느 정도였는지 알 수 있는 것은, 앤 여왕이 죽은 후 불온한 움직임을 일으킨 사람들이 탄핵 재판을 받았을 때, 그들과 동일한 죄목으로 오몬드 공작에 대해서도 형식상 같은 처단이 내려졌을 때였다. 탄핵은 받았지만, 당시 정당 간의 치열한 싸움에도 불구하고, 그것은 공작을 철저하게 때려눕히려는 신랄한 태도와는 거리가 먼 것이었다.

오몬드 공작에 대한 탄핵 결의안은 어느 누구의 것보다도 훨씬 적은 수의 찬성표로 상원을 통과했다. 그리고 탄핵을 주도한 장본인이기도 했던 당시의 국무 장관 스탠호프(후에 백작)가 곧 앤 여왕의 뒤를 이은 조지 1세와 재빨리 교섭하는 등 조정에 나서, 다음 날 왕에게 공작을 접견시키는 데에까지 이르렀다. 그런데 오몬드 공작을 둘러싼 이 소송에서 이길 수 없다고 판단한 스튜워트 왕조 부활파인 로체스터 주교가 급히 곤경에 처한 공작이 있는 곳으로 달려가, 조지 1세와 접견해도 불명예스런 복종을 강요당할 뿐, 사면되는 일은 없을 거라고 거짓말을 하여 오몬드 공작을 도망가게 했다.

그 후 오몬드 공작의 사권 박탈이 가결되었을 때에도 그에 항의하는 대중이 들고 일어나 큰 소동을 빚었다. 오몬드 공작에게는 적은 없었지만, 호감을 갖고 있는 사람이 몇천 명이나 있었던 것이다. 이것은 공작이 상대를 기쁘게 하려는 마음가짐을 잊지 않고, 경험에 따라 그것을 실천했기 때문이다.

사랑받으려는 노력을 게을리 하고 있지 않은가?

'인덕' 만큼 합리적이고 믿을 만한 토대는 없다. 한 인간을 끌어올리는 것은 사람이 품는 호의와 애정, 그리고 선의다. 그런 것들을 손에 넣기 위해서는 어떻게 하면 좋을까? 우선 그것을 손에 넣으려는 노력이 중요하다. 일찍이 노력하지 않고 얻은 사람은 없다.

그런데 여기에서 말하는 호의나 애정이라는 것은 연인 간의 감정이나, 친구 간의 우정과 같이 가까운 사이에 한정되는 것과는 다르다. 내가 말하는 것은 우리가 다양한 사람과 관계를 맺을 때, 각자에게 맞는 방법으로 상대의 마음에 들게 함으로써 얻을 수 있는 더

광범위한 호의와 애정과 선의다. 이러한 좋은 감정은 그 사람의 이해와 대립되지 않는 한 오래도록 지속된다(그 이상의 호의를 바랄 수 있는 상대는 가족을 포함해서 기껏해야 두세 명 정도가 아닐까).

지금까지 사십 년 이상의 세월을 살아온 내가 그 경험을 가지고 스무 살에서 인생을 다시 시작한다면, 인생의 대부분을 가능한 많은 사람으로부터 사랑받도록 노력하는 것에 할애하고 싶다. 예전처럼 관심을 끌고 싶은 남자나 여자의 환심을 얻는 것에만 전념해서, 다른 사람은 아무래도 좋다며 무시하는 실수는 절대 하지 않을 것이다. 만약 자신이 환심을 얻기 위해 주력한 인물에 대한 평가가 틀렸다면(사실 능력 있는 사람에게 이런 착오가 자주 생긴다), 그러는 동안 다른 사람을 화나게 해버렸으니 이제 어느 쪽을 향해야 좋을지 몰라 우왕좌왕하게 되고 만다.

그러니 많은 사람으로부터 사랑받고, 그 속에서 따뜻한 대접을 받도록 해라. 그것이 가장 큰 보호막이다. 남자든 여자든 인간이란 것은 인망에 약한 법이다. 인망이 높은 사람을 후원자로 둔 사람은 크게 성공할 가능성이 있다. 또한 여자도 인망 있는 남자에게는 자신도 모르게 마음이 끌리는 법이다. 인망을 쌓는 것은 그다지 어려운 일이 아니다. 우아한 몸가짐과 진지한 눈빛, 세심한 배려, 상대가 좋아하는 말, 분위기, 옷차림 등 그저 사사로운 행동이 모이고 모이면 상대의 마음을 사로잡을 수 있다.

내가 지금까지 만난 사람 중에는 외모는 아름답지만 조금도 마음에 끌리지 않거나 사리 분별이 확실한데도 도무지 호감이 가지 않는 사람이 많이 있었다. 그 이유를 너는 이미 알고 있을 것이다. 그래, 그 사람들은 자신의 아름다움과 능력에 자신이 있었기 때문에, 타인의 마음을 사로잡는 기술을 익히는 데 소홀했던 것이다. 그러니 얼마나 큰 실수를 범한 것이냐?

나는 별로 아름답다고는 할 수 없는 여자와 연애를 한 적이 있다. 그러나 그 여자는 기품이 흐르고, 남을 기쁘게 하는 기술과 마음을 사로잡는 기술을 가지고 있었다. 돌이켜보건대 나는 내 생애에서 그 여자와 함께 보낸 시간만큼 황홀했던 순간은 없었던 것 같다.

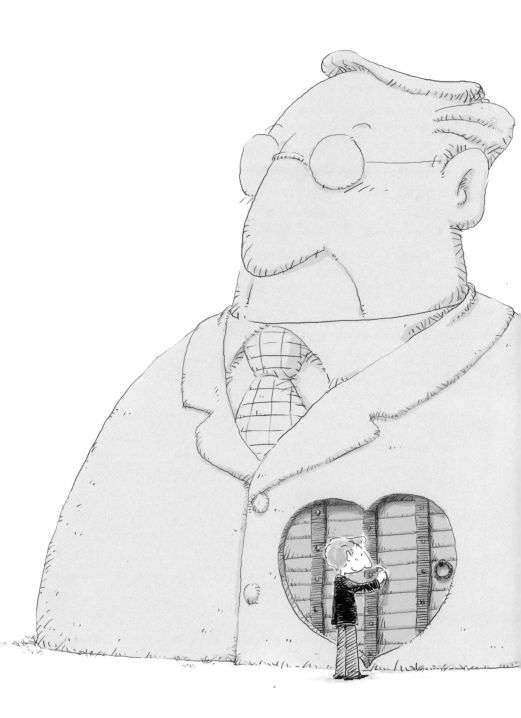

사람의 마음을 움직여라 8장

1 튼튼한 골격과 우아한 장식이 돋보이는 건축물

너라는 작은 구조물도 바야흐로 골격이 거의 완성되어가고 있다. 이제 남은 것은 아름답게 마무리하는 것인데, 이것이 너의 임무이자 또 나의 관심사이기도 하다. 우선 우아한 아름다움과 세련된 몸가짐을 가져라. 그것들은 골격이 확실하지 않으면 싸구려 장식품에 지나지 않지만, 골격이 확실하게 짜여 있으면 구조물을 한층 더 돋보이게 한다. 뿐만 아니라 아무리 튼튼한 골격이라도 장식이 없으면 매력이 반으로 떨어지고 만다.

너는 토스카나식 건축을 알고 있겠지. 모든 건축양식 중에서 가장 튼튼한 형식이기도 하지만 동시에 가장 촌스러운 형식이기도 하다.

튼튼하다는 점에 있어서 큰 건물의 기초에는 안성맞춤이라고 할 수 있지만, 만일 이것으로 모든 건물을 짓는다면 어떻게 될까? 아무도 건물에 눈길을 주지 않을 테고, 그 앞에서 발길을 멈추는 사람도 없을 것이며, 안에 들어가 보고 싶어하는 사람은 더더욱 없을 것이다. 외관이 멋없고 투박하기 때문에, 안에 들어가 내부 장식을 볼 필요도 없다고 생각하게 되는 것이다.

그런데 토스카나식 토대 위에 도리아식이나 이오니아식, 코린트식의 기둥이 늘어서서 아름다움을 겨룬다면 어떨까? 건축물 같은 것에 전혀 흥미가 없는 사람이라도 저절로 마음을 빼앗기고, 무심코 지나가던 사람도 발길을 멈추게 될 것이다. 그리고 그 건물에 이끌려 스스로 문턱에 발을 들여놓을 것이다.

마음이 가지 않는 것에는 머리도 따라가지 않는다

여기에 한 사람이 있다. 지식이나 교양은 평범한 수준이지만, 겉보기에 인상이 좋고, 말투에도 호감이 간다. 말과 행동이 모두 품위가 있고 정중하며 상냥하다. 이른바 남들에게 자신을 잘 보일 줄 아는 재능이 뛰어난 인물이다.

여기에 또 한 사람이 있다. 지식이 풍부하고 판단력도 좋다. 하지만 앞서 말한 사람이 가지고 있는, 남에게 잘 보이려는 수완은 부족하다.

자, 과연 어떤 사람이 세상의 거친 파도를 잘 헤쳐나갈 수 있을까? 그렇다, 분명히 전자다. 많은 장식으로 치장한 사람이 자신을 꾸미려고 하지 않는 사람을 마음대로 조종할 수 있다.

별로 똑똑하다고 할 수 없는 사람들(전 인류의 사 분의 삼 정도는 그렇지 않을까?)의 마음을 사로잡는 것은 항상 외견이다. 그들에게 있어서는 예의범절이나 행실, 사람을 대하는 방법이 전부다. 그들은 그 이상 속을 들여다보려고 하지 않는다. 하지만 이러한 경향은 현명한 사람도 마찬가지라고 할 수 있다. 제아무리 현명한 사람이라도 눈이나 귀가 즐겁지 않은 것, 마음이 끌리지 않는 것에는 머리도 따라가지 않는 법이다.

품격의 유무는 하늘과 땅 차이만큼 크다

사람의 마음을 사로잡고 싶다면, 우선 오감에 호소하는 것이 좋다. 눈을 즐겁게 하고 귀를 즐겁게 해줘야 한다. 그렇게 해서 이성의 마음을 빼앗는 것이다. 그런 의미에서 철두철미하게 품위를 유지하라고 말하고 싶다. 똑같은 일이라도 품위가 느껴지는 것과 그렇지 않은 것은 하늘과 땅 차이다.

한번 생각해봐라. 어물어물 제대로 대답도 못 하고, 옷차림도 단정하지 못하며, 말도 더듬거린다. 그리고 작은 목소리로 중얼거린다든지, 느릿느릿 움직인다든지 하는 데다가 옷차림에도 제대로 신경을 쓰지 않는다. 이런 사람을 처음 만난다면 어떤 인상을 받을까? 그 사람에 대해서 아무것도 모르는데, 혹시 훌륭한 면이 있을지도 모른다는 상상을 할 겨를도 없이 마음속으로 거부하게 되지는 않을까?

그러나 이와는 반대로, 말이나 행동 모두에 신경을 써서 품위가 느껴지는 사람이면 어떨까? 내면 같은 것은 몰라도 그 사람을 본 순간에 마음을 빼앗겨, 그 사람에게 호의를 베풀게 될 것이다.

무엇이 어째서 그렇게 사람의 마음을 끌어당기는 것인지를 설명하기 어렵다. 하지만 한 가지 분명한 것은 말로는 설명할 수 없는 그무엇, 즉 작은 동작이나 사소한 말 한마디가 사람의 마음을 사로잡는다는 것이다. 마치 한 조각만으로는 아름답지 않지만, 조각들이 모여 아름다운 모양을 만들어내는 모자이크와 같다.

깔끔하고 절도 있는 옷차림, 친절한 행동, 기분 좋게 울리는 목소리, 밝고 그늘 없는 표정, 상대에게 맞추면서도 소신이 느껴지는 말투―이외에도 여러 가지가 있지만, 이런 것 하나하나가 사람의 마음을 사로잡고 놓아주지 않는 작은 요소임에 틀림없다. 적어도 나는 그렇게 생각한다.

2 타인의 장점을 자기 것으로 만드는 가장 현명한 방법

     사람의 마음을 사로잡는 언행은 누구나 몸에 익힐 수 있는 것일까? 훌륭한 사람들과 어울릴 기회가 자주 있고, 또 하고자 하는 의지만 있다면 반드시 할 수 있다. 훌륭한 사람들을 주의해서 관찰하고 그대로 따라 하면 되는 것이다. 그렇게 하면 누구든지 할 수 있다.

  우선 처음 보았을 때, 왠지 모르게 눈길이 쏠리며 호감이 가고 멋있다고 생각되는 사람이 있다면, 눈길을 끌고 있는 그 언동을 잘 관찰해서 무엇이 그렇게 좋은 인상을 남기는가를 생각해봐라. 대부분은 여러 요소가 한데 모여 있는 경우가 많다. 겸허하면서도 당당한 태도, 결코 비굴하지 않은 경의의 표현, 우아하면서도 오만하지 않은 몸놀림, 절도 있는 옷차림 등등.

  어쨌든 그것을 알아냈다면 다음은 그것을 흉내 내라. 그러나 이때 무작정 자신을 버리고 모방해서는 안 된다. 위대한 화가가 다른 화가의 작품을 본떠 그릴 때처럼 아름다움과 자유의 눈으로 결코 원작에 뒤지지 않도록 공들여서 모방해야 한다.

본보기를 철저하게 흉내 내라

만인으로부터 예의 바르고 호감을 주는 사람으로 인정받는 사람을 만나면, 그 사람을 주의 깊게 관찰해라. 윗사람에 대해서는 어떤 태도로 어떤 말을 쓰는지, 동년배나 같은 지위에 놓인 사람과는 어떤 방식으로 교제하는지, 지위가 낮은 이에게는 어떤 행동을 취하는지, 오전 중에 누군가를 방문할 때는 어떤 내용의 얘기를 하는지, 식탁에서나 저녁 모임에서는 어떤지 정확하게 관찰해서 그대로 따라 해보는 것이다.

단, 어설프게 흉내 내서는 안 된다. 그 사람을 그대로 복제하는 것이다. 이런 식으로 따라 하다 보면, 그 사람은 누구든 가볍게 취급하거나 무시하지 않고, 상대의 자존심이나 허영심에 상처를 주는 일도 결코 없다는 것을 알 수 있을 것이다. 이와 더불어 각각의 상대에 맞춰 예를 다하고 평가를 하며 신경을 써주는 등 상대의 기분을 북돋우면서 마음을 끌어당기고 있다는 것도 알게 될 것이다. 애당초 뿌리지 않은 씨는 거두지 못하는 법이다. 호감을 얻고 있는 인물도 정성 들여 씨를 뿌린 뒤 작물을 수확하고 있는 것에 지나지 않는다.

좋은 인상을 남기는 태도는 실제로 계속 흉내 내는 사이에 자연스럽게 몸에 밴다. 그것은 현재의 자신을 돌아보면 알 수 있다. 현재의 자신도 반 이상은 모방에 의해서 만들어진 것이 아닐까? 중요한 것은 좋은 본보기를 선택하는 것과 무엇이 좋은가를 관찰하는 것이다.

사람은 보통 자주 대화를 나누는 상대의 분위기, 태도, 장점, 단점뿐만 아니라 사물에 대한 사고방식까지 무의식중에 받아들이게 된다. 내가 아는 몇몇 사람도 본인은 그다지 뛰어난 두뇌를 갖고 있지 않지만, 평소 똑똑한 사람들과 교류를 한 덕분에 생각지도 않은 훌륭한 기지를 발휘하기도 한다.

내가 항상 말하듯이 너도 뛰어난 사람들과 사귀게 되면, 너도 모르는 사이에 그들처럼 될 것이다. 거기에 집중력과 관찰력이 더해진다면 더 좋겠지. 그러면 곧 그들과 대등하게 될 것이다.

관찰하는 눈이 바로 스승이다

주위에 마땅한 본보기가 없으면 어떻게 할까? 그렇다면 누구라도 좋다. 그곳에 있는 사람을 유심히 관찰해봐라. 아무리 훌륭한 사람이라도 모든 장점을 다 가질 수는 없듯이, 별 볼일 없어 보이는 사람도 반드시 한 가지 장점은 있게 마련이다. 그것을 흉내 내면 된다. 그리고 나쁜 부분은 또 그 나름대로 너에게 좋은 본보기가 될 것이다.

호감을 느낄 수 있는 사람과 그렇지 않은 사람의 차이는 무엇인가? 그것은 말과 행동의 내용이 같아도 태도가 전혀 다른 것이며, 바로 그 점이 호감을 갖게 하는 이유다. 사회에서 인기를 누리는 사람이든 품위를 전혀 느낄 수 없는 사람이든, 이야기하고 움직이며 옷을 입고 먹고 마시는 것에는 별 차이가 없다. 다른 것은 그 방법, 즉 태도다. 때문에 말하는 태도나 걸음걸이, 먹는 모습 등이 나쁜 인상을 주고 있는지 어떤지를 잘 관찰한다면, 자신이 어떻게 행동해야 하는지 그 안에서 답을 찾을 수 있을 것이다.

3 사람의 마음을 사로잡는 방법

사람의 마음을 움직이기 위해서는 어떻게 하면 좋을까? 다음에 몇 가지 항목으로 그것을 정리해보았으니 참고하기 바란다.

우아하게 서고, 걷고, 앉아라

지난번 너에 대해 항상 칭찬을 아끼지 않던 하비 부인에게서 편지를 받았다. 네가 어떤 곳에서 춤을 추고 있는 것을 보았는데, 동작이 아주 우아했다고 하더구나. 난 정말 흐뭇했다. 우아하게 춤출 수 있다면, 일어서거나 걷거나 앉는 것도 틀림없이 우아하게 할 수 있을 거라고 생각했기 때문이다.

일어서고 걷고 앉는다는 것은 극히 단순한 동작이지만, 춤을 잘 추는 것보다 훨씬 중요한 일이다. 내가 아는 사람 중에도 춤을 잘 추면서 거동이 보기 싫은 사람은 한 명도 없다.

보기 좋게 일어나, 보기 좋게 걷는 사람은 많아도, 보기 좋게 앉는 사람은 상당히 드물다. 남 앞에 나서면 이내 위축되어버려서 부자연스럽게 등을 펴고 딱딱하게 앉는 경우가 많다. 반면 소탈한 성격으로 별로 구애받지 않는 타입의 사람은 의자에 온몸의 체중을 맡기듯이 기대고 앉는다. 하지만 이것은 꽤 친한 사이가 아닌 한, 별로 좋은 느낌을 주지 않는다.

모범적인 자세로 앉으려면 우선 기분을 편하게 가져야 한다. 그렇게 해서 겉으로도 편안해 보일 수 있도록, 온몸의 체중을 기대지 말고 여유 있게 앉아야 한다. 딱딱한 부동자세를 취하는 것이 아니라, 몸에 힘을 빼고 자연스럽게 앉는 것이다. 아마 너는 그런 자세가 되어 있겠지만, 그렇지 않다면 최대한 이것에 가까워지도록 연습하는 것이 좋다.

작은 것이라도 아름다운 동작은 여자뿐만 아니라 남자의 마음까지도 사로잡는다. 그것은 직장에서도 마찬가지다. 우아한 행동이 얼마나 사람의 마음을 끌어당기는지 명심해야 한다.

예를 들어 한 여자가 부채를 떨어뜨렸다고 하자. 유럽에서는 우아한 남자든 우아하지 않은 남자든 그것을 주워서 건네주는 게 보통이다. 하지만 결과에는 큰 차이가 있다. 우아한 남자는 부채를 주워줌으로써 감사의 답례를 받겠지만, 덜렁대는 남자는 그 동작이 어색하기 때문에 웃음거리가 되고 만다.

우아하고 세련된 동작은 비단 공적인 장소에서만 필요한 것이 아니다. 일상생활에서도 마찬가지다. 사소한 것을 가볍게 여기면 정작 필요할 때 할 수 없게 된다. 커피 한 잔을 마셔도 찻잔을 이상하게 쥐어서 커피를 쏟는 일이 없어야 한다.

옷차림은 그 사람의 인격을 말해준다

이제 너도 서서히 옷차림에 신경을 써야 할 나이다. 나는 옷차림을 보면 우선 그 사람의 됨됨이를 헤아리게 되는데, 다른 사람도 그렇지 않을까 싶다.

나의 경우, 옷차림에서 조금이라도 뽐내는 듯한 느낌이 들면, 그 사람의 사고방식도 약간 삐뚤어져 있는 것이 아닐까 하는 생각을 한다. 예를 들어 현대의 영국 젊은이들은 어느 정도는 옷차림으로 자기주장을 펼치고 있을 것이다.

요란하게 치장하기를 좋아하고, 지나치게 화려한 옷을 입고 있는 사람을 보면, 빈약한 내용을 감추기 위해 일부러 위압적인 모습을 하고 있는 것처럼 보여 기분이 나빠진다. 또한 옷차림에 전혀 신경 쓰지 않고, 궁정 사람인지 마부인지 분간이 가지 않는 모습을 하고 있는 사람 역시, 그 됨됨이를 의심하지 않을 수 없다.

분별 있는 사람은 옷차림이 너무 튀지 않도록 신경을 쓴다. 그런 사람은 혼자만 유별나게 눈에 띄는 것을 원하지 않으며, 같은 사회의 지식인, 그 지역의 사람들과 비슷한 모습, 비슷한 옷차림을 한다. 옷차림이 너무 화려하면 붕 떠버리고, 너무 초라하면 옷차림에 신경을 쓰지 않은 것이 실례가 되기 때문이다.

하지만 내 개인적인 의견으로는 젊은이라면 초라한 것보다는 약간은 지나치다 싶을 정도로 멋을 내는 편이 오히려 낫다. 지나치게 멋을 부리는 것은 나이를 먹으면서 조금씩 수그러들지만, 너무 신경 쓰지 않으면 초라해 보여, 사십 대에는 따돌림당하고 오십 대에는 남에게 눈총을 받는 사람이 된다.

그러므로 주위 사람들이 멋진 옷차림을 하고 있을 때는 너도 멋지게, 간소하게 하고 있을 때는 너도 간소하게 입어라. 단, 항상 잘 만들어진 것, 몸에 꼭 맞는 옷을 입어야 한다. 그러지 않으면 부자연스럽고 어색한 느낌을 준다.

그리고 일단 그날의 옷차림을 결정하고 그 옷을 몸에 걸치면, 두 번 다시 옷차림에 관한 생각은 하지 않도록 해라. 어디가 이상하지는 않은지, 색의 조화는 잘 되었는지 등을 생각하고 있으면 동작이 딱딱해진다. 일단 몸에 걸치면 옷에 대해서는 다시 생각하지 말고, 아무것도 두르지 않은 것처럼 자연스럽고 유쾌하게 행동해야 한다.

그리고 헤어스타일에도 신경을 써라. 머리는 복장의 일부다. 또 양말이 흘러내리거나, 구두끈이 풀어진 채로 그냥 두는 일은 없도록 해야 한다. 발 언저리가 제대로 정리가 안 되면 그만큼 지저분한 인상을 주니까 말이다.

사람들에게 좋은 인상을 주기 위해서는 무엇보다 청결이 중요하다. 너는 손이나 손톱을 항상 깨끗하게 하고 있는지 모르겠구나. 매일 식후에 이를 닦는 것도 잊지 않도록 해라. 치아는 특히 중요하다. 늙어서도 음식을 제대로 씹기 위해서도, 또 견디기 힘든 고통을 경험하지 않기 위해서도 게을리 해서는 안 된다. 게다가 치아가 나빠지면 고약한 냄새를 풍기게 되므로 주위 사람들에게 불쾌감을 줄 수 있다.

너는 아주 튼튼한 치아를 갖고 있는 것 같은데, 나로 말할 것 같으면 상태가 좀 심각하다. 젊었을 때 주의를 게을리 했기 때문에 지금은 아주 엉망이다. 매 식사 후, 따뜻한 물과 부드러운 칫솔을 사용해서 사오 분 가량 닦고, 대여섯 번은 입을 헹구는 습관을 갖는 것이 좋다. 치열에 관해서는 그쪽에 유명한 전문가가 있다고 들었다. 빠른 시일 안에 찾아가서 이상적인 치열로 교정하도록 해라.

표정을 연마하면 자연히 마음도 연마된다

사람의 마음을 사로잡는 요인은 여러 가지가 있지만, 그중에서도 특히 효과적인 것은 바로 얼굴 표정이다. 그런데 너는 이것에 대해 아주 문외한인 것 같구나. 보통 사람들은 조금이라도 자신의 용모에

미비한 점이 있으면 그것을 감추거나, 혹은 보충하려고 필사적인 노력을 기울인다. 그다지 출중하지 못한 용모를 갖고 태어난 사람이라면, 조금이라도 더 잘 보이기 위해 고상하게 꾸며보고 상냥하게 미소를 지어보기도 하며(대부분은 밀턴의 「실락원」에 등장하는 악마처럼 더욱 무시무시한 형상이 되지만) 눈물겨운 노력을 한다.

그런데 너는 그러지 않는다. 너는 신이 내려주신 소중한 용모를 감사히 여기지 않을뿐더러 그것을 모독하고 있다. 너의 얼굴에 드러나는 그 표정은 도대체 어떻게 된 것이냐? 네 딴에는 남자답고, 사려 깊고, 결단력이 풍부한 표정을 짓고 있다고 생각하고 있을지 모르지만 말도 안 되는 착각이다. 좋게 표현해야, 위엄 있게 보이려고 매일 목이 터져라 호령만 하는 하사 꼴이다.

내가 알고 있는 어떤 젊은이는 국회의원으로 선출되자, 방 안에서 거울을 보면서 표정이나 동작 연습을 하곤 했는데, 이것이 다른 사람들에게 웃음거리가 된 적이 있다. 그러나 나는 웃을 수가 없었다. 이 젊은이는 웃고 있는 사람들보다 훨씬 사물의 도리를 잘 깨우치고 있었으니 말이다. 그는 대중 앞에서 표정이나 동작이 얼마나 큰 영향을 발휘하는가를 알고 있었던 것이다.

이런 이야기를 하면 필시 너는 이렇게 되묻겠지.

"그렇다면 온화한 표정을 위해 매일 매일 연습하고, 하루 종일 주의하라는 말씀입니까?"

그에 대답하겠다. 하루 종일 신경을 쓰라는 게 아니다. 이 주일이면 족하다. 이 주면 충분하니까 좋은 표정을 지을 수 있도록 노력했으면 좋겠구나. 그렇게 하면 다음부터는 얼굴 표정에 대한 생각은 전혀 하지 않아도 된다. 하늘이 내려주신 얼굴이니 지금까지 모독해 온 것의 절반이라도 좋으니까 노력해라.

우선 눈가에는 항상 상냥한 표정을 짓도록 해라. 그리고 전체적으로 미소 짓고 있는 듯한 얼굴이 좋다. 그런 의미에서 수도사의 표정을 본받으면 어떨까 싶다. 선의와 자애가 넘치고 근엄함 속에서도 열기가 담긴 표정, 누구든 마음이 끌릴 것이다. 물론 표정만 좋은 것은 아니다. 대부분의 경우, 마음도 함께 동반하고 있다. 마음이 동반되어 있기 때문에 그들의 표정이 사람들의 마음을 사로잡고 푸근하게 받아들여지는 것이다.

그래도 여전히 표정을 꾸며내는 것이 귀찮다고 생각하느냐? 일주일에 겨우 삼십 분 정도면 되는데? 그럼 묻겠는데, 넌 왜 춤을 잘 추려고 연습을 했느냐? 그것 역시 귀찮았을 텐데. 의무도 아니고.

너는 틀림없이 이렇게 대답하겠지. 사람들의 마음을 사로잡기 위해서였다고. 정답이다. 그러면 너는 어째서 옷을 잘 차려입고, 머리를 다듬느냐? 그것도 귀찮을 것 아니냐? 머리는 손질하지 않은 그대로가 편하고, 옷 역시 넝마를 걸치고 있는 것이 편할 것이다. 그런데 어째서 너는 그런 것에 신경을 쓰지?

너는 또 이렇게 대답할 것이다. 사람들에게 나쁜 인상을 주지 않기 위해서라고. 그것도 정답이다. 그것을 알고 있다면, 그에 따라 행동하면 된다. 춤이나 옷차림, 머리 모양보다 더 근본적인 '표정'을 연구하는 것이다.

표정이 나쁘면 멋진 춤 솜씨나 근사한 옷, 머리 모양도 소용없다. 게다가 네가 춤을 추는 것은 기껏해야 한 해에 예닐곱 번 정도일 텐데, 너의 표정은 365일, 하루도 빠짐없이 사람들 눈에 드러나 있으니 말이다.

4 타인에게 호감을 주기 위해
노력하고 있는가

여기에 예로 든 것들을 실천할 수 없다면, 제아무리 풍부한 지식을 가지고 있어도, 아무리 교묘하고 약삭빠르게 처신을 해도 마음먹은 대로 일을 이루기는 힘들 것이다.

지금이야말로 이러한 장식을 몸에 붙일 때다. 지금 그것을 할 수 없다면 영영 그 기회를 놓칠 수도 있다. 때문에 다른 것은 모두 뒤로 미루더라도 지금은 이 일에만 집중했으면 좋겠구나. 견고한 틀과 매력적인 장식이 조화를 이룬다면 그 이상 바람직한 것은 없다.

외면을 치장하라고 열심히 가르치고 있는 이 편지를 융통성 없는 인간이나 속세를 이탈한 현학적인 인간이 본다면 어떻게 생각할까? 십중팔구 경멸에 찬 얼굴을 하고 "아버지가 아들에게 주는 조언이라면 그보다 나은 것이 얼마든지 있을 텐데……"하며 혀를 차겠지.

아마도 그들의 사전에는 "호감을 갖는다"라든가 "호감을 준다"와 같은 말이 없을 것이다. 하지만 현실적으로 이 말이 존재한다는 것은, 그만큼 사람들이 "호감을 준다"라는 것을 중요한 화제로 삼고 있으며, 그것에 관심을 갖고, 그것을 바라고 있기 때문이다. 결코 무시하며 웃어넘길 일이 아니다.

예의범절에 신경 써라

항상 느끼는 것이지만, 요즘 젊은이 중에는 예의 없고 꼴불견인 사람이 많다. 그것은 부모의 탓이 크다고 생각한다. 그 부모들은 예의범절을 가볍게 여기고 있든가, 아니면 전혀 관심이 없든가 둘 중 하나일 것이다.

그들은 기초 교육부터 대학 교육, 유학에 이르기까지 웬만한 교육은 다 시키면서, 아이들 일에는 무관심하다. 그래서 각각의 교육과정에서 자신의 아이가 어떻게 성장하고 있는지 관심을 갖지 않을뿐더러, 또 관심을 갖는다고 해도 그것을 제대로 판단하지 않은 채 무심히 지나친다. 그리고 자신을 안심시키기 위해 이렇게 중얼거린다. "괜찮아, 다른 아이들과 마찬가지로 틀림없이 잘해낼 거야"라고.

그러나 그 아이들은 다른 아이들처럼 학교에 다니고 있다고 해서 잘하고 있는 건가? 그들은 어린 시절에 곧잘 하던 어린애 같은 유치한 장난을 그만두지 않는다. 대학에서 밴 편협한 태도도 바꾸지 않고, 유학 중에 몸에 익힌 거만한 태도도 고치지 않는다.

이런 점은 부모가 주의를 주지 않으면 달리 지적해줄 사람이 없다. 때문에 젊은이들은 자신도 모르는 사이에 눈꼴사나운 태도가 몸에 자꾸 붙는 것을 전혀 인식하지 못한 채, 버릇없는 행동을 계속하는 것이다. 전에도 수차례 얘기했지만, 아이들의 예의범절이나 행동거지에 대해 이러쿵저러쿵 말할 수 있는 것은 아버지뿐이다. 그것은 아이들이 성장해 어른이 되어도 마찬가지다. 아무리 친한 친구라도 아버지가 지니고 있는 경험은 없을뿐더러, 잘못한 것에 대해 주의를 줄 수가 없다.

너는 나처럼 충실하고 애정을 지닌 재빠른 감시자가 옆에 있어 다행이다. 내 눈에서 벗어날 수 있는 것은 하나도 없다고 해도 좋다. 너에게 결점이 있으면 빨리 발견해서 고치도록 지시를 하고, 장점이 있으면 박수를 보내 격려하는 것이 아버지로서의 내 의무다.

5 예의를 모르면 지식도 빛을 잃는다

       인간이란 본래 완벽한 존재가 아니다. 나는 네가 가능한 완벽에 가까운 모습을 갖추기를 바랐고, 그것을 실현하기 위해 많은 노력을 해왔다. 어떤 수고도 마다하지 않고, 비용을 아끼는 일도 없었다. 교육이란 타고난 자질 이상으로 인간을 향상시킬 수 있다는 것을 알고 있었기 때문이다. 그것은 너도 경험을 통해 잘 알고 있을 것이다.

    우선 내가 판단력이 미처 생기지 않았던 어린 너에게 해준 일은, 선을 사랑하는 마음과 사람을 공경하는 마음을 심어주는 일이었다. 너는 처음에 그것을 마치 문법 외우듯이 기계적으로 받아들였지만, 지금은 너 스스로 판단하며 그것을 행동으로 보여주고 있다. 하긴 선을 행하거나 사람을 공경하는 것은 당연한 일로, 누가 가르칠 필요도 없이 보통 사람들도 실천하고 있는 일이지만 말이다.

    이에 대해 섀프츠베리 경은 아주 적절한 말을 남겼다.

"나는 누가 보기 때문에 선을 행하는 것이 아니라, 나 자신을 위해 선을 행한다. 그것은 누가 보기 때문에 청결하게 하는 것이 아니라, 자신을 위해서 청결하게 하는 것과 마찬가지다."

때문에 나는 너에게 스스로 판단할 능력이 생긴 후부터 선을 사랑하라는 말 따위는 편지에 한마디도 쓰지 않았다. 당연한 것이니까. 다음에 내가 마음먹은 것은 너에게 실질적이고 편향되지 않은 교육을 시키는 것이었다. 이것은 나를 시작으로 하트 씨, 그리고 최근에는 너 자신의 힘으로 목표 이상의 성과를 올렸다. 나의 기대에 충분히 부응해준 것이다.

그리고 지금, 마지막으로 남은 것은 사람을 대하는 법, 예의범절을 가르치는 일이다. 이것을 모른다면 애써 배운 지식도 완전하지 못하며 점점 빛을 잃어 어떤 의미에서는 아무 쓸모없는 것이 되어버릴 것이다. 그런데 유감스럽게도 너에게는 이 점이 부족한 것 같아서, 이 편지는 그 부분에 초점을 맞춰 쓰기로 하겠다.

자신을 억제하고 상대에게 맞추도록 해라

어떤 사람의 말을 빌리자면 예의란, "서로 자신을 조금씩 억제하고 상대에게 맞추려고 하는 분별과 양식이 있는 행위"라고 한다. 멋진 말이지. 이것에 이의를 제기하는 사람은 아무도 없을 것이다. 단,

분별과 양식이 있는 사람(너도 그중 한 사람이다)이라고 해서 누구나 다 예의 바른 사람이 되는 것은 아니라는 점을 명심해라.

예의를 어떻게 표현하는가 하는 것은 인종과 지역, 환경 등에 따라 커다란 차이가 있으며, 실제로 보고 듣지 않으면 모를 수밖에 없다. 하지만 예의를 중시하는 마음 그 자체는 어느 시대든, 어디를 가든 변하지 않는다. 때문에 의지가 있느냐 없느냐 하는 것이 예의 바른 사람이 되느냐 못 되느냐를 결정하는 중요한 열쇠가 된다.

예의가 특정 사회에 미치는 영향은 도덕이 사회 전반에 미치는 영향과 비슷하다. 이 둘은 사회를 하나로 정돈하고 안전성을 높이는 데 맥을 같이 한다. 비슷한 점은 이것만이 아니다. 일반 사회에서는 도덕적 행위를 권장하기 위해(적어도 부도덕한 행위로부터 보호하기 위해) 법률이라는 것이 제정되어 있다. 그것과 마찬가지로 특정한 사회에서도 예의 바른 행위를 권장하고, 무례함을 징계하는 암묵적 규율이 있다.

이렇게 말하면 "법률과 암묵적 규율을 하나로 묶는다는 것은 좀……"하고 반론을 제기할지도 모른다. 하지만 나에게 이 두 가지는 분리할 수 없는 것이다. 남의 소유지에 침입한 부도덕한 남자는 법에 의해서 처벌될 것이다. 그와 마찬가지로, 남의 평화로운 사생활에 무단 침입한 무례한 사람 역시 사회 전체의 암묵적 합의에 의해 추방되는 것이다.

문명사회를 살아가는 인간으로서 상냥한 태도, 타인에 대한 배려,

다소의 희생은 누가 강요하지 않아도 자연스럽게 몸에 배는 무언의 약속과도 같은 것이다. 그것은 왕과 신하가 비호와 복종이라는 암묵적 협정으로 묶여 있는 것과 같다. 그러니 어떤 경우든지 그 협정을 어긴 자가 협정에 의해 생기는 이익을 박탈당하는 것은 당연한 결과라고 할 수 있다.

　내 개인적인 생각을 밝힌다면, 예의를 다한다는 것은 선행 다음으로 사람들의 마음을 사로잡는 것이 아닐까 한다. 내가 "아테네의 장군 아리스테이데스와 같다"는 칭찬 다음으로 기뻐하는 것은 "예의 바른 사람"이라는 말을 듣는 것이다. 그 정도로 예의는 중요하다.

6 상황에 따른 예절

예의에 관한 전반적인 얘기는 이 정도로 해두고, 다음은 상황에 맞춰 예의를 표하는 방법에 대해 얘기하겠다.

윗사람이라고 해서 지나치게 긴장하지 마라

윗사람, 즉 지위가 높은 사람에게 일부러 무례하게 구는 사람은 없을 것이다. 요는 그것을 어떻게 표현하는가인데, 사려 깊고 인생 경험이 풍부한 사람은 어깨에 힘을 주지 않아도 자연스럽게 최대한의 예의를 표할 수 있다. 그런데 높은 계층의 인사들과 별로 접해본 적이 없는 사람들의 태도는 실로 어색하여, 한껏 용기를 내고 있는 것이 옆에서 보기에도 딱할 정도다.

그렇지만 경의를 표해야 할 대상을 눈앞에 두고 흐트러진 자세로 앉는다든지, 휘파람을 분다든지, 머리를 긁적거리는 버릇없는 행동을 하는 사람은 예나 지금이나 본 적이 없다. 윗사람 앞에서 주의해야 할 것은 단 하나, 너무 힘을 주며 긴장하지 말고, 우아하게 예를 다하는 것이다. 이것은 좋은 본보기를 관찰하고, 실제로 본받아 몸에 익혀두는 수밖에 없다.

대등한 입장에서도 반드시 선을 지킨다

특별히 윗사람이 없는 편안한 모임에서는 적어도 잠시 동안은 초대받은 사람 전원이 같은 입장이라고 할 수 있다. 이런 경우에는 예의를 갖춰야 할 사람이 원칙적으로 없으므로 행동도 자유로워지고 일부러 긴장할 일도 없다. 그러나 어떤 만남에도 반드시 지켜야 할 선이라는 것이 있는 법인데, 이 경우에도 그것을 넘어서지 않도록 해야 한다.

여기서 잊지 말아야 할 것은, 특히 주의를 기울여야 할 대상이 없는 대신, 그들 나름대로 서로의 예의와 배려를 기대하고 있다는 것이다. 때문에 주의가 산만하다든지, 무관심한 것은 용서되지 않는다.

만약 누군가 다가와서 따분한 얘기를 하더라도 우선 정중하게 맞아야 한다. 얘기의 내용을 한 귀로 듣고 한 귀로 흘려보내서 상대를 무시하고 있는 것이 들통 난다면, 아무리 대등한 관계라고 해도 그것은 실례 정도가 아니라, 무례가 되는 것이다.

상대가 여성인 경우라면 더욱 그렇다. 어떤 신분의 여자라도 주목하는 것만으로는 충분하지 않고, 아부에 가까울 정도의 배려가 필요하다. 그들의 사소한 욕망, 기호, 취미, 변덕뿐만 아니라 건방진 태도조차도 배려하고, 가능하다면 그들이 원하는 얘깃거리를 추측해서 말을 걸고 질문을 해야 한다. 그러지 않으면 충분하다고 할 수 없다. 예의 바른 사람은 모두 그렇게 하고 있다.

대등한 사람들과의 모임에서 예를 다하기 위해서 어떻게 하면 좋은가를 하나하나 열거하자면 끝이 없을 뿐만 아니라, 너에게도 실례가 될 테니, 이쯤에서 그만하기로 하자. 나머지는 너의 양식에 따라 무엇이 옳은 것인가를 생각하면서 행동하기 바란다.

젊은 혈기로 인한 잘못에도 용서할 수 없는 것이 있다

혹시 너는 네 방을 청소해주는 사람이나 구두를 닦아주는 일꾼보다 네가 우월한 존재라고 생각하고 있지는 않겠지? 하늘이 너에게 내려주신 행운에 감사하는 것은 좋다. 하지만 불운한 운명을 갖고 태어난 사람들을 무시한다든지, 쓸데없는 말로 그들의 불운을 상기시키는 일을 삼가야 한다.

나는 나와 같은 수준의 사람을 대할 때 이상으로, 신분이나 지위가 낮은 사람에 대한 태도에 주의를 기울이고 있다. 그런 사람들의 신분이나 지위는 자신의 노력이나 실력과는 아무 관계없이 단지 운명에 의해 결정된 것일 뿐이다. 그러니 이미 결정된 신분이나 지위의 차이를 일부러 의식해서, 알량한 자존심을 만족시키고 있는 것처럼 보이고 싶지 않은 것이다. 그런데 대개의 젊은이는 거기까지 생각이 미치지 않더구나. 명령조의 태도나 권위를 나타내는 단정적인 말투가 용기 있고, 기개 있는 증거라고 생각하는 것 같다.

생각이 미치지 않는 것은 주의가 부족한 탓도 있는데, 일반적으로는 머리를 쓰려고 하지 않는다, 오만하다, 신분이 낮다고 우습게 본다는 식으로 받아들여지기 쉽다. 그렇게 되면 상대는 곧 적의를 품게 된다. 그리고 이런 감정은 마음속에 오랫동안 남는다. 물론 이 문제와 관련해 나쁜 쪽은 젊은이다. 상대가 화를 내는 것도 무리가 아니다.

신분이나 지위가 낮은 사람에게 주의를 기울이지 않고, 도대체 어디에 주의를 기울이는가? 그들은 가까운 지인이나 한층 두드러진 사람들, 즉 지위가 높은 사람, 특히 아름다운 사람, 인격자 등 일부 사람에게만 신경을 쓴다. 그리고 그 외의 사람들에게는 주목할 만한 가치도 없다는 듯이 기본적인 예의조차 지키지 않는다.

사실, 나도 네 나이 때는 그랬다. 매력적인 소수 사람들의 환심을 사는 데에만 정신이 팔려, 다른 사람들을 무시하고, 기본적인 예의조차 지키지 않았다. 그래서 각료나 지식인이나 빼어난 미인 등 화려하고 눈에 띄는 인물에게만 오로지 예를 다하면서 어리석게도 다른 사람에게는 전혀 신경을 쓰지 않아 그 사람들을 화나게 하고 말았다.

이 어리석은 행동으로 말미암아 나는 남자 쪽에도, 여자 쪽에도 많은 적을 만들었다. 그리하여 무시했던 그들이, 내가 제일 호평을 받고 싶어했던 곳에서 결정적으로 나를 깎아내렸다. 그들은 나를 오만하다고 생각하고 있었던 것이다. 사실은 분별력이 부족했던 것뿐이었는데 말이다.

"사람의 마음을 사로잡는 왕이야말로 권력을 가장 길고 안전하게 유지할 수 있는 왕"이라는 오래된 격언이 있다. 신하의 마음을 얻는 것은 어떤 무기보다도 강력한 무기다. 신하의 충성을 원한다면 두려움을 주기보다 사랑을 받으라는 뜻이다. 이는 지위가 낮은 우리에게 있어서도 마찬가지다. 사람의 마음을 사로잡는 기술을 알고 있다는 것은 무엇보다도 강한 힘을 갖고 있다는 것이 된다.

가까운 사이일수록 침범해서는 안 되는 영역이 있다

다음에 얘기하고 싶은 것은, 절대로 실수할 리 없다는 잘못된 생각에서 어처구니없는 실수를 하는 경우다. 다시 말해 아주 친한 친구나 지인에 대한 행동에 관해서다.

친한 사이에서는 편안한 기분을 가져도 좋다. 또 그렇게 되는 것이 당연하고, 그러한 관계가 사생활에 안락함을 가져다주는 것도 사실이다. 단, 그렇다고 해서 절대로 침입해서는 안 되는 영역까지 마구 침입해도 좋다는 것은 아니다. 말하고 싶은 대로 아무것이나 멋대로 지껄이면 친한 친구와의 즐거워야 할 대화도 곧 빛이 바래고 만다(자유가 지나치면 자신도 모르게 방종으로 흐르는 것과 같다).

막연한 얘기로는 도무지 짐작이 가지 않을 것이니, 쉬운 예를 하나 들어보마. 너와 내가 같은 방 안에 있다고 하자. 우리는 무척 가까운 사이며, 뭐든지 터놓고 얘기할 수 있는 부자지간이다. 그때 내가 우리 두 사람 사이에 아무것도 거리낄 게 없다고 생각할까? 확실하게 말하건대, 눈곱만큼도 그렇게 생각하지 않는다.

아무리 상대가 너라고 해도 어느 정도의 에티켓은 지켜야 한다. 정도의 차이는 있겠지만 그것은 다른 사람에 대해서도 마찬가지다. 만일 네가 얘기하고 있는 동안 내가 계속해서 딴 생각을 하고, 네 눈앞에서 입을 크게 벌리고 하품을 하거나, 코를 골거나, 실수를 한다면, 나 스스로도 주책 맞은 행동에 몹시 부끄러울 것이다. 그리고 너의 발길이 나한테서 멀어지는 것을 느껴야 할 것이다.

그렇다. 아무리 막역한 사이라도 우정을 깨뜨리지 않고 오래 유지하고자 한다면, 어느 정도의 예의는 필요한 것이다. 남편과 아내가(남자와 여자라도 좋다) 낮 시간과 마찬가지로 밤을 함께 지낼 때, 거리낌이 없다고 최소한의 예의고 뭐고 다 내던진다면 어떻게 될까? 그래. 사랑하는 감정도 조만간 익숙해지고 단조로워져서, 싫증이 나게 되고 서로를 경멸하게 될 것이다.

사람은 누구든 나쁜 면을 갖고 있다. 그것을 부끄러움 없이 드러내는 것은 단지 예의를 벗어난다는 차원에서 그치는 것이 아니라 무분별한 것이다. 그렇다고 해서 아버지인 나에게 거창한 예의를 갖추라고 요구하는 것은 아니다. 그런 것을 요구한다면 도가 지나친 것이다. 하지만 너에 대해서 나는 나름대로의 예를 지킨다. 그렇게 하는 것이 당연하다고 생각하고 서로가 좋은 관계를 유지하기 위해서는 그렇게 하는 것이 절대적으로 필요하다. 예의에 대해서는 이 정도에서 접기로 하자. 단, 하루에 반나절쯤은 예절을 익히는 노력을 게을리 하지 마라.

빛나는 다이아몬드도 원석일 때는 아무 쓸모가 없다. 값어치는 있을지 모르지만 원석은 갈고 닦아야 비로소 장신구로서의 가치를 인정받는 보석이 된다. 물론 다이아몬드의 아름다움은 원석의 견고함과 높은 밀도에 좌우되는 것이지만, 연마라는 최후의 마무리가 행해지지 않는다면, 언제까지나 더러운 원석인 채로 남아서 기껏해야 호기심 많은 수집가의 진열장을 장식하게 될 뿐이다.

너도 속은 꽉 차 있고 견실하다(적어도 나는 그렇게 믿고 있다). 다음에 할 일은, 지금까지 해온 것처럼 부단히 갈고닦는 노력을 게을리 하지 않는 것이다. 사용 방법을 알고 있다면, 주위의 훌륭한 사람들이 너를 멋진 형태로 깎고 다듬어, 진정한 광채를 발하게 해줄 것이다.

9장

행복은 노력으로 얻는 것이다

1 언행은 부드럽게, 의지는 강하게

언젠가 너에게 이런 말을 들려주면서 항상 염두에 두고 행동했으면 좋겠다고 쓴 적이 있는데, 기억하고 있느냐? "언행은 부드럽게, 의지는 강하게"라는 말. 이 말처럼 인생의 다양한 국면에 유용하게 활용할 수 있는 말도 드물 것이다.

오늘은 이 말에 대해서, 나이 든 설교사가 된 셈 치고 설교를 하려고 한다. 우선 이 말을 구성하는 두 가지 요소, 즉 "언행은 부드럽게"와 "의지는 강하게"에 대해 설명하고, 다음에 이 두 가지가 하나가 되었을 때 어떠한 효과를 발휘하는가에 대해, 그리고 마지막으로 그 실천에 대해 언급하겠다.

태도만 부드럽고 의지가 강하지 않으면 어떻게 될까? 오로지 상냥하기만 할 뿐, 마음이 약하고 소극적인 비굴한 인간으로 전락해버리기 쉽다. 반면 의지는 강하지만 언행이 거친 사람은 어떨까? 그런 사람은 다만 용맹스럽고 사나운 저돌적인 인간이 될 것이다.

사실은 그 양쪽을 다 갖추고 있는 것이 바람직하지만, 그런 사람은 좀처럼 보기 드물다. 의지가 강한 사람 중에는 혈기가 왕성한 사람이 많아서, 부드러운 태도를 연약하다고 비웃으며 무슨 일이든지 힘으로만 밀고 나가려고 하는 사람이 있다. 이런 사람은 상대가 내성적이고 마음 약한 사람일 경우에는 뜻대로 일을 진행할 수 있지만, 그렇지 않은 경우에는 상대방을 화나게 하고 반감을 갖게 해서 목적을 달성하는 데 어려움을 겪는다.

또 언행이 부드러운 사람 중에는 교활한 사람이 많아서, 그런 유형의 사람은 남에게 주는 부드러운 인상만으로 모든 것을 손에 넣으려고 한다. 이른바 두루춘풍이다. 처음부터 자신의 의지 따위는 없다는 듯이, 때와 장소에 따라 얼마든지 상대에게 맞춰간다. 이러한 사람은 어리석은 자는 속일 수 있어도 그 외의 다른 사람의 눈은 속일 수 없고, 곧 뒤집어쓴 가면이 벗겨지게 된다.

부드러운 언행과 강한 의지를 겸비할 수 있는 사람은 강인한 자도, 두루춘풍도 아닌 오직 현자뿐이다.

의지가 강할수록 부드러움으로 감싸라

그럼 이 두 가지를 겸비하고 있으면 어떤 이점이 있을까? 누군가에게 명령을 내려야 할 때, 공손한 태도로 명령을 하면 상대는 그 명령을 기분 좋게 받아들여, 즉각 실천에 옮길 것이다. 그런데 무조건 딱딱한 태도로 명령을 하면, 명령은 적당히 수행되지만 중도에서 팽개쳐질 수도 있다.

가령 내가 부하에게 와인을 한 잔 가져오라고 거칠게 명령했다고 하자. 명령을 내린 즉시, 나는 그자가 내 무릎 위에 고의로 와인을 쏟을 것을 각오해야 할 것이다. 그런 일을 당해도 마땅한 짓을 했기 때문이다.

물론 명령을 내릴 때에는 복종시킨다는 냉정하고도 강력한 의지를 나타내는 것이 필요하다. 하지만 그것을 부드러움으로 감싸서, 괜한 열등감을 갖지 않고 가능한 기분 좋게 명령에 따를 수 있도록 배려하는 것이 필요하다.

그것은 네가 윗사람에게 뭔가를 부탁할 때나, 당연한 권리를 요구할 때도 마찬가지다. 공손한 태도를 취하지 않으면, 그렇지 않아도 네 부탁을 거절하려고 했던 사람에게 좋은 구실을 제공하게 된다. 그렇다고 부드러움만으로 일이 성취되는 것도 아니다. 결코 뒤로 물러서지 않는 끈기와 품위를 잃지 않는 집요함으로, 의지가 얼마나 강한지를 보여주는 것이 중요하다.

인간, 특히 높은 지위에 있는 사람은 도리에 맞는다는 이유로 결단을 내리는 일이 거의 없다. 그러나 평소에는 정의를 위해서, 혹은 나라의 이익을 위해서라고 하며 거절하는 일이라도, 상대방의 집요함에 꺾이거나 원한이 두려워 승낙하고 마는 경우도 많다.

부드러운 언행으로 그들의 마음을 사로잡아라. 그렇게 하면 적어도 거절할 구실이 사라질 것이다. 그러나 동시에 강한 의지를 보임으로써, 보통 때 같으면 잘 들어주지 않을 일이라도 귀찮다고 느껴지게 하거나 원망을 살 우려가 있다는 생각을 들게 해서 들어주도록 만들면 좋다.

신분이 높은 사람은 보통 사람들의 부탁이나 고민에 익숙해 있다. 외과 의사가 환자의 물리적인 고통에 무감각한 것처럼, 하루 종일 이런저런 비슷한 사연에 어느 것이 진짜고 어느 것이 거짓인가도 구별하지 못한다. 그러므로 평범―공평한 입장이나 인도적인 입장에서―하게 호소를 해서는 여간해서 먹히지 않는다. 다른 감정에 호소하는 수밖에 없다.

예를 들어 부드러운 태도로 환심을 산다든지, 끈질기게 호소해서 "이제 됐다, 알았다"라고 굴복시킨다든지, 혹은 품위는 지키면서 "들어주지 않으면 평생을 두고 원망할 것"이라는 듯한 차가운 태도로 두려움을 갖게 한다든지 하는 것이다. 진정으로 강한 의지란 이런 것이다. 결코 억지로 밀고 나가는 것이 아니다.

부드러운 언행과 강한 의지를 겸비하는 것이야말로 미움이 아닌 진정한 사랑을 받고 경멸이 아니라 존경을 받는 유일한 방법이며, 세상의 지혜로운 자가 한결같이 원하는 위엄을 갖출 수 있는 방법이다.

항상 양보하는 것과 부드러운 것은 다르다

다음은 실전적인 얘기를 해보자.

감정이 격앙되어서 분별없이 무례하고 험악한 말을 입에 담게 될 것 같으면, 자신을 억제해서 태도를 바꿔야 한다. 이것은 상대의 지위가 높든, 낮든, 대등하든 마찬가지다. 감정이 분출될 것 같으면 가라앉을 때까지 차분히 있으면서, 표정의 변화가 노출되지 않도록 신경을 집중하도록 해라(표정이 드러나는 것은 비즈니스에서는 치명적이다). 하지만 그렇다고 해서 한 발자국도 양보할 수 없는 상황에서까지 애교를 부리거나 상냥하게 비위를 맞추는 등 비굴하게 아첨하는 듯한 행동은 삼가도록 해라.

그런 때에는 일격을 가하며, 집요하게 공격을 반복하는 것이 좋다. 그렇게 하면 손에 넣고자 하는 것은 반드시 손에 들어오게 되어 있다. 온순하고 내성적이며, 언제나 양보하는 사람은 부도덕하고 남의 고통을 이해할 줄 모르는 사람에게 짓밟혀 바보 취급을 당하기 쉽지만, 강한 의지를 보인다면 사람들로부터 존경을 받을 수 있으며, 웬만한 일은 마음먹은 대로 성사할 수 있다.

친구나 지인에 대해서도 마찬가지다. 흔들림 없는 의지의 힘은 그들의 마음을 사로잡을 것이다. 또한 부드러운 언행은 그들의 적을 너의 적으로 만드는 것을 막아줄 것이다. 자신의 적에 대해서는 부드러운 태도로 마음의 문을 열게 해야 한다.

동시에 상대에게 이쪽의 강한 소신을 보이고, 자신은 분개할 만한 정당한 이유가 있다는 것을 나타내는 것도 중요하다. 자기는 상대와 달라서, 악의를 품고 소견 좁은 행동은 하지 않는다. 내가 하고 있는 것은 사리 분별이 확실한 정당한 행위라는 것을 분명히 표현해야 한다.

흔들리지 않는 의지로 밀고 나가라

일 문제로 협상을 할 때에도, 강한 의지를 느끼게 하는 것을 잊어서는 안 된다. 도저히 타협하지 않으면 안 될 시점에 이를 때까진 한 발자국도 물러나서는 안 되고, 절충안도 쉽게 받아들여서는 안 된다. 설령 타협해야 하는 경우라도 저항하면서 천천히 물러서야 한다. 이렇게 하면서 동시에 온화한 태도로 상대의 마음을 사로잡는 것이다. 상대의 마음을 사로잡게 되면, 이해를 얻을 수 있어서 생각을 전환시킬 수 있다.

담백하고 솔직하게 이렇게 말하면 된다.

"여러 가지 문제는 있지만, 귀하에 대한 나의 경의에는 변함이 없습니다. 오히려 이번 일로 귀하의 노력과 비범한 능력과 열의에 감탄하게 되었습니다. 당신처럼 훌륭한 일을 하시는 분과 개인적으로 가까이 할 수 있다면 좋겠습니다."

이렇게 "언행은 부드럽게, 그리고 의지는 강하게"를 관철한다면, 상대를 설득하는 것은 물론이고 대부분의 협상에 큰 무리가 없을 것이다. 아니, 적어도 상대가 생각한 대로는 되지 않는다.

내가 비록 "언행은 부드럽게"라고 말했지만, 그것이 단지 유연한 부드러움만을 말하고 있지는 않다는 것을 이미 너도 잘 알고 있을 것이다. 그런 것은 절대 아니다. 자신의 의견은 분명하게 표현하고, 다른 사람의 의견이 잘못됐다고 생각할 경우에도 주저하지 말고 똑똑히 말해야 한다.

내가 문제 삼고 있는 것은 표현 방식이다. 의견을 말할 때의 태도나 분위기, 단어의 선택, 목소리, 이런 모든 것을 부드럽고 정중하게 하라는 것이다. 여기에 억지나 무리가 따라서는 안 된다. 상냥하고 자연스러워야 한다.

상대방과 다른 의견을 말할 경우에도 상냥하고 품위 있는 표정으로, 부드러운 표현을 골라 쓰도록 해라.

"제가 어떻게 생각하고 있는가를 물으신다면 저는 이렇게 대답하겠습니다. 그렇게 확신을 갖고 있는 것은 아니지만……"이라든가 "잘은 모르겠지만, 혹시 이런 것이 아닐까요……"라는 식의 말투 말이다. 부드러운 말투라고 해서 설득력이 부족한 것은 아니다. 오히려 거센 바람보다는 강렬한 태양이 지나가는 행인의 옷을 벗기듯이, 그런 말투가 상대방의 마음을 사로잡는 것이다.

토론은 기분 좋게 끝내라. 자신도 상처받지 않고, 상대방의 인격에 상처를 입힐 의도도 없다는 것을 확실하게 보여줄 필요가 있다. 일시적인 의견 대립도 서로를 멀게 하기 때문이다.

"그까짓 태도쯤이야"라고 할지 모르지만, 겉으로 드러나는 태도는 속마음과 마찬가지로 중요한 것이다. 호의를 베풀 생각이었는데 오히려 적을 만든다든지, 싸울 생각이었는데 친구가 된다든지 태도 여하에 따라 뜻밖의 결과가 나타난다.

표정, 말하는 방식, 단어의 선택, 발성과 같은 것이 부드러우면 태도도 부드러워지고, 거기에 강한 의지가 더해지면 위엄까지 느껴져 누구든 마음이 흔들리지 않을 수 없게 된다.

2 잘 살기 위해선
전략이 필요하다

　　세상을 살아가는 데는 다소 전략적일지 모르지만 악의 없는 '삶의 지혜'와 같은 것이 있는데, 그것을 깨닫고 하루 빨리 실천하는 자가 많은 사람을 움직여 성공의 관문을 일찌감치 통과하는 경우가 종종 있다. 젊은이들은 이런 것을 싫어하는 경향이 있지만, 내가 지금부터 하는 얘기를 무시하면, 나중에 "알아두었으면 좋았을걸" 하고 후회하게 될 것이다.

　이 삶의 지혜란 우선, 감정을 겉으로 드러내지 않는 것, 즉 말이나 행동, 표정에서 마음이 동요하고 있다는 것을 눈치 채지 못하도록 하는 것이다. 눈치 채는 그 즉시, 자기 감정을 잘 조절하는 냉정한 상대가 너를 좌지우지하게 된다. 이것은 단지 직장 생활에만 국한된 것이 아니다. 일상생활에서도 알지 못하는 사이에 상대방에게 조종당할 가능성은 얼마든지 있다. 싫은 소리를 들으면 노골적으로 화를 내거나 표정을 바꾸는 사람, 좋은 말을 들으면 금세 기뻐하거나 표정이 풀어지는 사람, 이런 사람은 교활하고 남의 말 하기 좋아하는 사람들의 희생양이 되기 쉽다.

　교활한 사람은 일부러 상대방을 화나게 해서 반응을 살피고, 철저하게 숨겨놓은 비밀을 기어코 캐내려고 한다. 이것은 나서기 좋아하는 오만한 사람도 마찬가지인데 다른 점이 있다면, 자신도 모르게 교활한 사람과 똑같은 짓을 하지만, 그것을 자신의 이익으로 만들기는커녕 주위 사람들의 이익에 공헌한다는 점이다.

이성으로 성격을 억제할 수 있어야 한다

　냉정하다는 것은 성격에 좌우되는 면이 크기 때문에, 의지로는 어떻게 할 수 없지 않느냐고 반박할지도 모른다. 확실히 냉정하다는 것은 성격에서 비롯되는 경우가 많다. 하지만 우리는 뭐든지 다 성격 탓으로 돌려 변명을 하고 있다.

　의욕을 갖고 노력을 한다면 조금이라도 개선되는 부분이 있을 거라고 나는 생각한다. 사람들은 이성보다 감정을 앞세우는 버릇이 있기는 하지만, 노력하면 반대로 이성으로 감정을 억제할 수 있는 습관을 몸에 지닐 수 있다는 것이다. 만약 갑자기 억누르기 힘들 정도로 감정이 복받쳐 폭발할 것 같으면, 감정이 수그러들 때까지 입을 다물고 있는 편이 낫다. 얼굴 표정도 가능한 바꾸지 말아야 한다. 이는 평상시에 염두에 두고 있으면 가능하다.

재치 있게 받아쳐서 멋있게 반격하고 싶겠지만, 이런 것은 가벼운 청찬은 들을지 몰라도 호의적으로 받아들여지는 경우는 별로 없다. 오히려 적을 만들기만 할 뿐이다.

반대로 만약 누군가 너를 빗대어 빈정대는 말을 했다면, 가장 현명한 처신은 못 들은 척하는 것이다. 직접 들어서 그렇게 할 수 없을 경우에는 다른 이들과 같이 웃어주며 들은 내용을 인정하고, 험담 솜씨가 좋다고 응수하면서 조용히 그 자리를 넘겨라. 무슨 일이 있어도 같은 태도로 반격해서는 안 된다. 반격을 한다면, 자신이 상처받았다는 것을 알리는 것과 마찬가지니, 모처럼의 노력이 물거품이 되고 만다.

상대에게 속마음을 들켜선 안 된다

협상을 할 때, 상대가 혈기 왕성한 인물이면 좋은 결과를 얻을 수 있다. 상대는 다혈질이기 때문에 사소한 일로도 마음이 흐트러져, 생각지도 않은 말을 꺼내거나 표정으로 드러내기 마련이다. 그런 사람에 대해서는 최대한 속을 떠보고 표정을 관찰하면, 반드시 그 진의를 포착할 수 있다. 비즈니스에 있어서는 상대방의 내면을 포착하느냐 마느냐가 승패의 열쇠가 된다.

자신의 감정이나 표정을 감출 수 없는 사람은 그렇게 할 수 있는 사람의 손아귀에서 놀아나게 된다. 다른 모든 조건이 대등할 때도 그러하니 상대가 수완이 좋을 경우에는 더더욱 승산이 없다.

시치미를 떼라는 거냐고? 그래, 하지만 그렇게 하는 것이 잘못된 일은 아니다. 예로부터 "속마음을 들키면 사람을 제압할 수 없다"라는 말이 있다. 나는 더 극단적으로 마음을 들킨다면 어떤 일도 성취하지 못한다고 말하고 싶다.

똑같이 시치미를 떼는 일이라도 상대가 속마음을 읽지 못하게 시치미를 떼는 것과, 상대를 속이기 위해 시치미를 떼는 것에는 큰 차이가 있다. 그리고 잘못된 것은 후자의 경우다. 사람을 속이기 위해서 자신의 감정을 숨기는 것은 도리에 어긋나는 일일 뿐만 아니라 야비한 행위라고 할 수 있다.

베이컨 경(역주—영국의 중세 신학자, 철학자)은 다음과 같은 글을 남겼다.

"상대를 속이는 것은 진정한 지성인이 할 일이 아니다. 자기의 속마음을 알아채지 못하도록 감정을 숨기는 것은 트럼프의 카드를 상대에게 보이지 않게 하는 것과 마찬가지지만, 상대를 속이기 위한 것이 목적이라면 이것은 상대의 카드를 엿보는 것과 같다."

정치가 볼링브로크 경도 그의 저서(이 책은 가능한 빨리 너에게 보낼 생각이다)에서 다음과 같이 말하고 있다.

"남을 속이기 위해서 감정을 감추는 것은 단검을 휘두르는 것과 마찬가지로 바람직하지 못한 행위며, 불법 행위기도 하다. 단검을 사용한다면, 어떠한 변명도 인정되지 않는다."

한편, 상대방이 자신의 속마음을 읽지 못하도록 감정을 감추는 것은 방패를 드는 것과 같은 것이며, 기밀을 유지하기 위해 갑옷으로 무장하는 것과 같은 것이다. 일을 하다 보면 어느 정도 감정을 감추지 않고는 기밀을 유지할 수 없고, 기밀을 유지하지 못하면 일이 잘 진행되지 않는다. 그런 의미에서 이는 귀금속에 합금을 섞어 동전을 주조하는 기술과도 비교할 수 있다.

약간의 합금을 섞는 것은 필요하지만, 너무 많이 섞으면(비밀을 지키는 것은 교활함으로 발전할 수 있다) 동전은 통화로써의 가치를 잃고 주조자의 신용도 실추되어버린다.

마음속에서 아무리 감정의 바람이 휘몰아쳐도 그것을 표정이나 말로 드러내지 않도록, 완벽하게 자신의 감정을 감출 수 있도록 노력해라. 힘든 일이지만 불가능한 일은 아니다. 성숙한 사람은 불가능한 것에 도전하지 않지만, 아무리 어려운 일이라도 추구할 가치가 있는 일이라면 몇 배의 노력이 필요하더라도 반드시 해내는 법이다. 분발하기 바란다.

3 선의의 거짓말은 삶의 지혜다

　　모르는 척하는 것은 때로 큰 도움을 주는 지혜가 될 수 있다. 가령 누군가가 무슨 얘기를 하려고 할 때, 모르는 척하는 것이다.

　그 사람이 묻는다.

　"이 얘기 알고 계십니까?"

　네가 대답한다.

　"아니요."

　설사 알고 있다고 해도, 상대에게 그대로 이야기를 진행하게 한다. 얘기하는 것 자체에 기쁨을 느끼는 사람도 있을 것이다. 지적인 발견을 만인에게 알림으로써 자존심을 만족시키고 싶은 사람도 있을 것이고, 또 이런 소중한 얘기를 들려줄 만큼 자신이 신뢰받고 있다는 사실을 자랑하고 싶은 사람도 있을 것이다.

　"이 얘기 아십니까?" 하고 누가 물었을 때 "네!" 하고 대답해버린다면, 상대를 실망시키는 결과가 된다. 그리고 결국은 눈치 없는 사람이라고 거북하게 여길 것이다.

개인을 둘러싼 중상이나 추문이 귀가 따갑게 들려와도, 마음을 터놓을 수 있는 친구의 얘기 이외에는 들어도 못 들은 척해라. 이런 경우에는 대부분 듣는 쪽도 얘기하는 쪽과 마찬가지로 나쁘다고 여겨지기 쉽다. 그런 화제가 오르내리면 실제 믿고 있다고 해도, 항상 회의적인 척 가장해서 두둔하는 의견 쪽에 붙는 편이 좋다.

이와 같이 언제나 아무것도 모르는 척 행동한다면, 묘하게도 정말 몰랐던 정보가 완벽하게 손에 들어오는 일도 있을 것이다. 그리고 사실은 이것이 정보를 수집하는 최고의 방법이기도 하다.

무적의 아킬레우스도 전쟁터에 나갈 때는 완전무장을 했다

모름지기 인간이란 아무리 시시한 것일지라도 한순간이나마 남들 앞에 서서 허영심을 만족시키고 싶어한다. 때문에 입 밖에 꺼내서는 안 되는 비밀이라도, 상대가 모르는 것을 가르쳐줄 수 있다는 점을 과시하고 싶어 그만 실언을 하게 된다.

그러한 때에 모르는 척 가장하면, 정보를 얻을 수 있는 것 외에도 득이 되는 일이 있다. 정보를 입수하는 데 무관심한 인물로 간주되어, 그 덕분에 음모나 나쁜 계략과는 무관한 인물이라고 여겨질 수 있는 것이다.

238

그렇지만 정보는 수집해야 한다. 주위들은 정보는 상세하게 조사하지 않으면 안 된다. 여기에서 정보를 수집하는 현명한 방법을 가르쳐주마. 시종일관 귀를 기울이거나 직접 질문하는 것은 좋은 방법이 아니다. 그런 짓을 하면 상대는 긴장해서 거리를 두고 같은 얘기를 몇 번이나 반복하게 된다. 그러면 하찮은 정보밖에 얻을 수 없다.

한편, 모르는 척하는 것과는 반대로 모든 것을 알고 있는 척하는 것도 때로는 효과가 있다. "그래, 바로 그렇다"라고 맞장구치며 친절하게 모든 것을 가르쳐주는 사람이 있는가 하면, "그렇게 들었는지 모르지만……" 하고 내용을 정정해주기도 하고, 모르는 것은 또 없는지 요모조모 살피면서 더 많은 정보를 제공해주는 사람도 있으니 말이다. 이러한 삶의 지혜를 잘 이용하기 위해서는 항상 자신과 주변에 주의를 기울이고 냉정해져야 한다.

무적이었던 아킬레우스도 전쟁터에 나갈 때는 완전무장을 했다. 사회는 너에게 전쟁터와 같은 곳이다. 언제나 완전무장을 하고, 나아가 약한 부분에는 여분으로 무기를 하나 더 갖추는 자세를 가져야 한다. 사소한 부주의, 순간의 방심이 목숨을 앗아 간다.

4 사회에서
인맥은 실력이다

이 편지는 조만간 네가 머물고 있는 몽펠리에로 배달되겠
지. 모쪼록 몽펠리에에 계시는 하트 씨의 병이 완쾌되어, 크리스마
스 전에는 파리에 도착할 수 있었으면 좋겠구나. 파리에는 너에게
꼭 소개하고 싶은 두 분이 있다. 모두 영국인인데, 주목할 만한 분들
이니 친하게 지내도록 해라.

한 분은 여성이다. 그렇다고 이성으로 친숙한 관계를 맺으라는 것
은 아니다. 그 문제는 내가 직접 관여할 바가 아니지만, 유감스럽게
도 그분은 오십 세가 넘었다. 예전에 너에게 디종까지 가서 만나고
오라고 했던 하비 부인이다. 다행스럽게도 이번 겨울을 파리에서 보
내신다고 한다.

이 부인은 궁정 태생으로 궁정에서 자라, 궁정의 잘못된 부분을
제외한 좋은 부분, 즉 예의 바르고, 품위 있고, 친절한 태도를 두루
겸비하고 계신다. 독서량도 풍부하여 식견이 높고, 라틴어도 자유자

재로 구사하신다. 하지만 겉으로 드러내는 일이 없어서 남들은 잘 모르고 있다.

그분은 너를 친아들처럼 대해주실 것이다. 너도 그분을 나의 대리인이라 생각하고, 무엇이든 의지하면서 의논하고 부탁드리도록 해라. 그분처럼 모든 것을 겸비하고 있는 여성을 찾기란 무척 어려운 일이다. 그분께 대답하는 방식이나 언행, 예의범절 등에 부족하고 적당하지 않은 점이 있으면 그때마다 지적해달라고 부탁드려라. 온 유럽을 다 뒤져도, 그분만큼 그 역할을 훌륭히 해낼 수 있는 인물은 없으니까.

너에게 소개하고 싶은 또 한 분은, 너도 들어서 조금은 알고 있는 한팅던 백작이다. 내가 너 다음으로 애정을 쏟고 높이 평가하는 인물인데, 그도 나를 수양 아버지처럼 따르고, 또 실제로 나를 그렇게 부르고 있다. 그는 뛰어난 자질과 광범위한 지식을 고루 갖추고 있으며, 만약 여기에 성격을 덧붙여 평가한다면 이 나라에서 으뜸가는 훌륭한 청년이다.

이런 인물과 가깝게 지내면, 언젠가는 반드시 좋은 일이 생길 것이다. 게다가 그쪽도 내 마음을 알고 너와 친하게 지내려 하고 있으니, 둘의 관계를 돈독히 하여 네 가치를 높이길 바라고, 또 그렇게 하리라 믿는다.

우리가 속한 이 사회에서는 연고가 필요하다. 신중하게 관계를 맺고 그것을 잘 유지하면, 성공하는 데 큰 도움이 된다.

연줄에는 두 가지 관계가 있다. 네가 그 차이를 항상 염두에 두고 행동했으면 좋겠구나.

우선은 상호 대등한 관계다. 이것은 자질이나 역량이 비슷한 두 사람 사이에 이루어지는 호혜적인 관계로서, 비교적 자유로운 교류와 정보 교환이 이루어진다. 이것은 서로의 능력을 인정하고, 상대가 나를 위해 자진해서 힘을 써준다는 확신 없이는 성립되지 않는다. 그리고 밑바탕에는 상대에 대한 존경심이 자리하고 있어야 한다. 때로 대립되는 일이 있다 하더라도, 의존관계를 깨뜨리지 않으면서 조금씩 양보해서 최종적으로 합의된 행동을 취해야 한다.

내가 한팅던 백작과 너에게 바라고 있는 것이 바로 이런 관계다. 두 사람은 거의 같은 시기에 사회에 진출하게 된다. 그때 너에게 한팅던 백작과 거의 대등한 능력과 집중력이 있으면, 너희는 다른 젊은이들과도 손을 잡고 여러 행정기관에서 우월한 집단을 결성할 수 있고, 또 그것에 의해 함께 뻗어나갈 수 있을 것이다.

또 하나는 대등하지 않은 관계다. 한쪽에는 지위나 재산이 있고, 다른 한쪽에는 소질과 능력이 있는 경우가 그것이다. 이 관계에서는 도움을 받을 수 있는 것은 한쪽뿐이며, 그 은혜도 표면에 드러나지 않고 교묘하게 가려지는 경우가 많다.

도움을 받는 쪽은 베푸는 쪽의 눈치를 살펴 마음에 들도록 행동하고, 상대의 우월감을 가만히 견뎌낸다. 도움을 주는 쪽은 자신이 상대를 조종하고 있다고 생각하지만, 사실은 착각에 지나지 않고, 머리가 마비된 상태에서 상대의 뜻대로 춤을 추고 있는 것이다. 이러한 사람은 조종만 잘하면, 조종하는 사람에게 커다란 이익이 되는 경우가 많다.

이러한 예에 대해서는 전에도 한번 너에게 편지로 얘기한 것 같은데, 그 외에도 비슷한 예가 얼마든지 있다. 그 정도로 한쪽에만 이익을 가져다주는 관계는 아주 일반적이다.

5 경쟁자를 적으로
만들지 마라

싫어하는 사람을 만났을 때, 어떻게 대하면 좋은가를 알아 두는 것은 무엇보다 중요하다. 그런데 방법은 알고 있어도 막상 실천에 옮기려면 도무지 잘 되지 않는 것이 젊은이들이다. 그들은 사소한 일에도 머리에 피가 솟구쳐, 앞뒤 분간 못 하고 흥분하는 경우가 많다. 직장에서도 그렇고, 연애 문제에 있어서도 그렇다. 자신의 사고에 대해 비판하는 말을 들으면, 그 자리에서 즉각 상대가 싫어지는 것이다.

젊은이들에게 있어서 경쟁자는 적과 마찬가지다. 눈앞에 나타나면, 그나마 참는다는 것이 어색하고 딱딱하게 처신하는 것이고, 대부분은 무례한 태도로 어떻게든 상대를 때려눕히려고 고심한다.

그런데 이것은 논리에 맞지 않는 처사다. 상대에게도 좋아하는 일이나 여성을 선택할 권리가 있다. 또 그렇게 하는 것은 통찰력이 부족하다는 증거기도 하다. 경쟁자에게 차갑게 대한다고 해서 소원이 이루어지는 것은 아니다. 오히려 경쟁자끼리 뿔을 맞대고 싸우고 있는 곳에 제삼자가 끼어들어, 어부지리 격이 되는 일이 얼마든지 일어날 수 있다.

물론 사태는 그렇게 단순하지만은 않을 것이다. 그것은 나도 인정한다. 어느 쪽도 그렇게 간단하게 방향을 바꿀 수 없고, 일이든 연애든 지나치게 간섭할 수 없는 미묘한 문제임에 틀림없다. 하지만 원인은 제거할 수 없다고 하더라도, 결과가 어떻게 되는지 정도는 알아두어야 한다.

가령 두 사람의 연적이 자리를 같이하게 되었다고 하자. 두 사람 다 화가 난 얼굴을 하고 서로를 쳐다보지도 않은 채 험담만 늘어놓는다면, 그 자리에 동석한 사람들까지 불쾌해질 것이다. 하지만 어느 쪽이든 한쪽이 겉으로는 일단 연적에게 상냥하고 자연스럽게 대한다면 어떨까? 문제의 여성은 상냥한 태도를 취하는 쪽에서 신사다운 면모를 발견하고, 다른 남자는 초라하다고 느낄 것이다.

한편 친절한 대접을 받은 쪽은 친절을 자신감의 표현으로 받아들여 그 여자를 원망할 것이다. 그러면 그 여자도 남자의 이성적이지 못한 태도에 화가 나, 두 사람 사이는 멀어질 것이다.

냉담한 태도로는 경쟁자를 이길 수 없다

일에서의 경쟁자도 마찬가지다. 자신의 감정을 억누르고, 표정을 냉정하게 꾸밀 수 있는 사람이 경쟁에서 이길 수 있다.

프랑스 사람들은 "겸손하고 정중한 태도"라는 말을 즐겨 쓰는데, 이것은 연적에게 노골적으로 혐오감을 드러내는 소견 좁은 사람에게는 특히 상냥한 태도로 대하라는 의미다. 좀 더 알기 쉽게 설명하기 위해서 나의 경험담을 들려주마. 비슷한 상황에 부딪쳤을 때 네게 도움이 되었으면 좋겠다.

내가 네덜란드의 헤이그에 가서 오스트리아 왕위 계승 전쟁에 참전할 것을 요청하고, 구체적으로 군대의 수를 정하는 등 협상을 마무리 짓고 돌아왔을 때의 이야기다.

헤이그에는 너도 잘 알고 있는 대수도원장이 있었는데, 그는 프랑스 측에 서서 어떻게든 네덜란드의 참전을 저지하려 하고 있었다. 나는 전부터 이 대수도원장이 명석한 두뇌와 따뜻한 심성을 지닌 근면한 인물이라고 듣고 있었기 때문에, 숙적 관계라는 이유로 깊은 친교를 나눌 수 없는 처지를 심히 유감스럽게 생각했다. 하지만 제삼자가 마련한 어느 자리에서 누군가의 소개로 그를 처음 만났을 때, 나는 이렇게 말했다.

"두 나라는 비록 적대 관계에 있지만, 우리는 그것을 뛰어넘어 가까워질 수 있지 않을까 생각합니다."

대수도원장 자신도 그렇게 생각한다고 정중한 태도로 대답했다. 그러고 나서 이틀 후, 아침 일찍 암스테르담 의회로 들어갔는데, 거기에는 이미 대수도원장이 와 있었다. 나는 대수도원장과 면식이 있는 사이라는 것을 대의원들에게 얘기하면서 미소 띤 얼굴로 이렇게 말했다.

"나의 오랜 숙적이 이 자리에 앉아 있는 것을 보니 대단히 유감스럽습니다. 이런 말씀을 드리는 것은 이분의 능력이 나에게 두려움을 느끼게 하고 있기 때문입니다. 이래서는 공평한 싸움이 되지 않습니다. 모쪼록 이분의 힘에 굴복하지 말고, 이 나라의 이익만을 생각해 주시기 바랍니다."

이날, 이 말을 모두 할 수는 없었다 해도 최후의 한마디만은 무슨 일이 있어도 했을 것이라고 생각한다.

자리에 있던 사람들은 내 말에 일제히 미소를 지었다. 대수도원장도 나에게서 정중한 찬사를 들은 것이 그다지 싫지 않은 듯하더니, 십오 분쯤 지나자 나를 남겨놓고 자리를 떠났다.

나는 설득을 계속했다. 전과 변함없는 태도로, 하지만 전보다 더 진지하게 말했다.

"내가 여기에 온 것은 네덜란드의 국익, 오로지 그것 때문입니다. 저의 친구는 여러분의 눈을 멀게 하기 위해 허식이 필요했을지 모르지만, 저는 일체 그런 것을 제외하고 얘기하고 싶습니다."

결국 나는 목적을 달성했다. 그리고 그 후, 대수도원장과도 꾸준히 교류를 지속해오고 있다. 나는 처음 제삼자가 마련한 장소에서 만났을 때처럼, 지금도 변함없이 겸손하고 정중한 태도로 그의 근황을 물어보곤 한다.

싫은 사람에게도 정중함을 잃지 마라

사려 깊은 사람이 경쟁자에 대해 취하는 방법에는 두 가지가 있다. 극히 정중한 태도로 대하든가, 아니면 때려눕히는 것이다.

만약 상대가 온갖 방법을 동원해서 고의로 너를 모욕하거나 경멸한다면, 망설일 필요 없다. 때려눕혀도 좋다. 하지만 약간의 상처를 받은 정도라면 속이야 어떻든 겉으로는 극히 예의 바르게 행동해야 한다. 이렇게 하는 것이 상대에 대한 보복이고, 또 너를 위한 것이기도 하다.

이것은 상대를 속이는 것이 아니다. 네가 그 사람의 가치를 인정하고 친구가 되고 싶다면 비겁한 태도일지 모르지만, 그런 사람과는 친구가 되지 않는 편이 좋고, 나도 권하고 싶지 않다.

공적인 장소에서 노골적으로 무례한 태도를 취하는 사람에게 정중하게 얘기를 하는 것은 책망받을 일이 아니다. 대개는 분위기를 원만하게 수습하여, 주위 사람들에게 해를 끼치지 않도록 노력하는 것으로 간주된다. 세상에는 개인적인 취미나 질투 때문에 주위에 피해를 줘서는 안 된다는 약속 같은 것이 있기 때문이다. 그것을 뻔뻔스럽게 침해하는 사람은 세상 사람들의 웃음거리가 되고, 동정을 받지 못한다.

이 사회는 심술과 증오, 원망과 질투 등이 소용돌이치는 곳이다. 노력하는 자보다 적지만, 실리만을 추구하는 교활한 사람도 있다. 또한 흥망성쇠도 심하다. 한참 떠오르는가 싶으면, 금세 가라앉아 버린다.

이런 속에서는 예절이나 공손한 태도 등 실리와 별로 상관이 없는 장비를 몸에 지니고 있지 않으면 살아남기가 힘들다. 자기편이라도 언제 어디서 적으로 변할지 모르고, 지금의 적 또한 언제 자기편이 될지 모른다. 바로 이 때문에 속으로는 미워도 겉으로는 친절하게 대하고, 부드럽게 감싸면서 신중하게 행동하는 것이 필요한 것이다.

6 작지만
아주 중요한 충고

이미 너는 사회인으로서 첫발을 내디뎠다. 그리고 나는 언젠가 네가 대성하리라 믿고 기대하고 있다. 이를 위해서는 무엇보다도 배운 것을 실천하는 것이 가장 큰 공부가 되겠지만, 동시에 다양한 것에 대한 배려와 관심도 필요하다.

여기에서는 편지, 그중에서도 공식적인 편지를 작성하는 방법을 예로 들어, 너에게 보내는 조언을 마무리 짓기로 하겠다. 이것에는 사회인이 상식으로 알아두어야 할 요소가 잘 집약되어 있다.

우선, 공식적인 편지를 쓸 때에는 정확성이 중요하다. 아무리 머리가 둔한 사람이 읽어도 뜻을 잘못 해석한다든지, 의미를 잘 몰라서 처음부터 다시 읽는 일이 없도록 명확하게 쓰지 않으면 안 된다. 이를 위해서는 사소한 것이라도 정확해야 한다. 품위가 느껴진다면 더 바랄 것이 없다.

공식적인 편지에서는 사적인 편지에서 사용되는(정확하게 사용될 경우의 얘기지만) 은유나 비유, 대조법, 경구 등은 어울리지 않는다. 그것보다는 정확성과 품위가 구석구석 스며 있는 것이 바람직하다. 복장에 비유하자면 정장을 하고 있는 느낌이라고나 할까. 치렁치렁 장식을 하거나, 지나치게 초라한 것은 좋지 않다는 것이다.

또 문장을 쓸 때는 단락마다 제삼자의 입장에서 반복해서 읽어보고, 다른 의미로 받아들여질 만한 소지가 없는지 주의 깊게 검토해야 한다. 특히 대명사나 지시대명사에 주의를 기울이는 것이 좋다. '본인', '그것', '이것' 등을 너무 많이 사용해서 오해를 불러일으킬 우려가 있다면, 다소 문장이 길어지더라도 확실하게 '○○ 씨', '○○ 긴'이라고 명시하는 것이 좋다.

공식적인 편지라고 해서 경어를 생략해도 좋다는 것은 아니다. 오히려 "인사드리게 되어 영광입니다"라든가 "저의 의견을 말씀드리자면……"과 같은 말은 빠뜨리지 말고 써야 한다.

해외에 있는 외교관들이 국내에 편지를 보낼 때는 대부분 높은 신분의 각료나 후원자(혹은 후원자가 되었으면 하는 사람) 앞으로 보내는 일이 많기 때문에, 특히 이 점에 주의를 기울여야 한다.

편지지 접는 법, 봉하는 법, 주소 쓰는 법 등에도 인격이 묻어난다. 물론 좋은 인상을 주는 것도 있고, 나쁜 인상을 주는 것도 있다. 너는 이런 점에 별로 신경을 쓰지 않는 것 같은데, 항상 세세한 배려를 잊지 말도록 해라.

품격은 공식적인 편지에서 반드시 필요한 것은 아니지만, 바람직한 요건 중 하나다. 지나친 치장을 피하되, 요란하지 않은 문장과 정돈된 글씨는 그런 의미에서 매우 중요한 요소다. 하지만 이것은 공식적인 편지로서는 마무리에 해당하는 것이기 때문에, 아직 토대가 마련되어 있지 않은 너에게 이런 부분까지 신경을 쓰라고 하는 것은 무리인 듯하니 그만두기로 하자.

글자든 문체든 너무 치장을 하면 역효과가 난다. 간소하면서도 고상하고 동시에 위엄을 느끼게 하는 것이 가장 좋으니 이 점을 늘 염두에 두어라.

문장의 길이는 너무 길어도 안 되고, 너무 짧아도 안 된다. 의미를 명료하게 파악할 수 있을 정도의 길이가 좋다. 너는 맞춤법을 곧잘 틀리는데 그것도 웃음거리가 되기 쉽다. 주의하도록 해라.

그리고 네 글씨체가 어째서 그렇게 지저분한지 나는 도무지 이해할 수가 없구나. 눈과 손을 제대로 가눌 수 있는 사람이라면 깨끗한 글씨를 쓸 수 있을 텐데 말이다. 나로서는 네가 좀 더 숙달되기를 바랄 뿐이다. 그렇다고 습자 교본처럼 한 자 한 자 긴장해서 공들여 쓰라는 말은 아니다. 사회인이라면 글씨 정도는 빠르고 깨끗하게 쓸 줄 알아야 한다. 그러기 위해서는 오로지 꾸준한 연습이 필요할 것이다.

글씨를 잘 쓰는 습관은 지금 익혀두는 것이 좋다. 그렇게 하면 높은 자리에 있는 분께 편지를 쓸 일이 생겼을 때, 글씨 같은 사사로운 것에 신경 쓰지 않고, 내용에만 집중할 수 있을 것이다.

작은 일에 발목 잡히지 마라

젊었을 때 수련이 덜 된 탓에, 작은 일에 마음을 빼앗기고 큰일을 처리하지 못해 비웃음을 산 사람이 있다. 이 사람은 "작은 일에 대심자(大心者), 큰일에 소심자(小心者)"라 불렸다고 한다. 큰일에 대처해야 할 순간에 작은 일에만 얽매였기 때문이다.

지금 너는 작은 일에 신경 써야 할 시기고, 또 그런 지위에 있으니 작은 일을 잘 마무리하는 습관을 몸에 익혀두도록 해라. 하지만 조만간 너에게도 큰일이 맡겨질 때가 올 것이다. 그때가 되어서 작은 일에 구애받지 않도록 지금부터 준비해두어야 한다.

청춘에게 보내는 편지

—

초판 1쇄　2013년 11월 18일
지은이　필립 체스터필드
옮긴이　김승호
펴낸이　김영재
펴낸곳　책만드는집

—

주소　서울 마포구 합정동 428-49번지 4층 (121-887)
전화　3142-1585·6
팩시밀리　336-8908
전자우편　chaekjip@naver.com
출판등록　1994년 1월 13일 제10-927호

* 잘못 만들어진 책은 구입하신 서점에서 바꾸어드립니다.
* 책값은 뒤표지에 표시되어 있습니다.

—

ISBN 978-89-7944-455-1 (03840)